KB053070

뉴욕에서 빈티지 마켓을 시작했습니다.

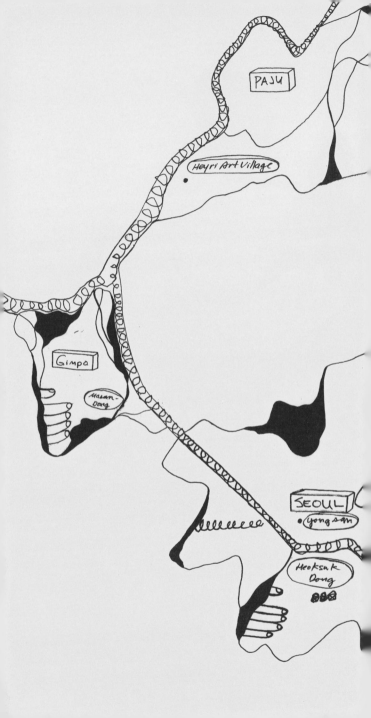

GU빈티지
오래되고
낡은 것을 팝니다.

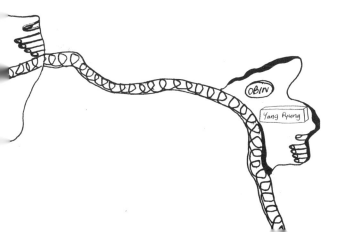

차례

빈티지와의 첫 만남

내가 빈티지를 처음 접하게 된 계기는 옷이었다. 사춘기 시절 보았던 패션 잡지에 연예인들이 외국의 플리마켓에서 구한 옷들을 입고 나왔는데 그 모습이 멋있게 느껴졌다. 무엇보다 갑작스럽게 미국으로 유학을 가면서 부담스러운 학비 때문에 생활비를 조금이라도 아껴야 했다.

우리 집은 부모님이 알뜰하게 살아오시고, 여러 가지 운도 따라주어서 우리 형제가 자라면서 점점 생활이 나아졌다. 그래서 감사하게도 내가 덜컥 미국 사립 대학원의 합격 통지서를 내밀었을 때에도 집에서 학비를 내어줄 여유가 있었다. 그렇지만 딱 거기까지. 나는 사람들이 흔히 생각하는 부유한 유학생의 모습과는 달랐다. 나만 그런 것이 아니라 부모의 돈으로 유학을 와 세월아 네월아 하는 일부 유학생들과 달리 주변 친구들 대부분은 일을 하며 돈을 모아 학비와 생활비를 충당했다.

늘 점심은 1–2불 하는 베이글이나 피자로 때웠고, 옷도 한국에서 대학을 다닐 때 사 년 내내 입던 옷들을 가지고 왔다. 하지만 그런 옷들은 가격이나 질을 떠나 뉴욕의 패션과 맞지 않았다. 보통 비싼 옷을 가지고 온 유학생들도 일 년이 지나면 그 옷들을 모두 구석에 처박아 버리고 새로 쇼핑을 했다. 지금은 SNS의 발달로 간극이 좁아졌지만, 당시만 해도 한국과 미국의 패션 문화 차이가 컸기 때문이다. 그래서 제한된 생활비로 그 간극을 메워 나가고자 했고 그 해결책이 빈티지 옷이었다.

주로 나는 이사 가는 학생들이 저렴하게 내놓은 물건들이나 혹은 뉴욕의 빈티지 가게에서 옷을 구입하고는 했다. 그렇게 구입한 옷들과 신발들은 저렴하기도 했지만 더 이상 생산되지 않는 것들이 많아 독특한 느낌을 내기에도 좋았다. 지금도 생각나는 옷이 하나 있다. 신기하게도 한국에서 만들어진 옷이었는데, 아마 80년대에 생산되었을 것 같은 토끼털 점퍼였다. 지금은 그 털을 얻기 위해 어떻게 동물들이 잔혹하게 사육되는지 알고 있어 다운점퍼도 사기가 꺼려진다. 하지만 당시만 해도 그런 지식이 전무해 80년대 한국에서 만들어진 옷이 뉴욕 시내의 한 빈티지 가게에서 팔리고 있다는 사실만으로도 향수병에 빠지곤 했다.

이렇게 옷으로 처음 빈티지를 접한 나는 이후에 본격적으로 가구를 수집하게 되었는데, 그건 시부모님께서 운영하신 중고 숍 덕분이다. 펜실베이니아 교외의 상가에서 오락기 대여 사업을 하던 시부모님은 가세가 기울자 100평이 넘는 집을 내놓아야 했다. 그리고 그 안을 채우던 가구들역시 마당에 내놓고 판매하셨는데, 거기에서 아이디어를 얻어 오래된 자동차 수리 창고를 손봐 본격적으로 빈티지와 앤티크 가구를 팔기 시작하신 것이다. 처음엔 저렴한 빈티지와 앤티크 가구가 주요 물품이었다. 그러다 블루칼라 노동자들이 많던 동네의 특성상 연장이나 가전제품 등 집에서 필요한 모든 물건들이 판매 상품이 되었다.

당시 나와 남편인 보람은 브루클린에서 맨해튼에 있는 회사로 출퇴근을 하고 있었다. 그러던 어느 날 보람은 시나리오를 쓰고 싶다며 회사를 그만두고 일 년을 투자하겠다고 선언했다. 그래서 우리는 아파트 월세를 벌기 위해 부모님 가게에서 물건을 가지고 와 첼시에서 열리는 플리마켓 판매자로 참여했다.

나는 주중에는 건축·인테리어 회사 일로 바쁘게 일했고, 주말에는 늦잠과 휴식을 반납하고 플리마켓 참가를 위해 새벽 네 시쯤부터 브루클린 아파트를 나서야 했다. 보람의 외삼촌에게 500불을 주고 산 밴에 시댁 중고 숍에서 남편이 가지고 온 물건들을 실은 채 말이다.

첼시 마켓은 현재 고층 아파트가 들어선 6번가와 23번가가 만나는 공터에서 열렸었다. 플리마켓은 시작 시간과 끝나는 시간이 정해져 있지 않았다. 판매자들은 동이 트지도 않아 깜깜한데도 벌써부터 밴과 트럭을 가져와 지정된 자리에 그늘막 텐트를 쳤다. 웬만한 이들은 아직 물건을 다 꺼내지도 못하고 진열을 시작도 안 했는데, 플리마켓 고수들은 플래시를 들고 판매자들이 가지고 온 짐들을 보물찾기하듯이 뒤졌다. 딜러들도 그 가치를 채 파악하지 못한 값나가는 보물들은 대부분 이때 플래시를 들고 온 컬렉터들의 손에 들어갔다. 동이 터 오고 진열을 끝내고 기다리다 보면 일찌감치 방문한 부지런한 컬렉터들이 그날의 승전물을 들고 유유히 사라졌다. 그리고 몇 시간 동안 사람이 없다가, 늦잠을 자고 느지막이 일어난 동네 사람들과 관광객들이 찾아오기 시작한다. 이들은 대부분 필요한 물건을 사기 위

해서라기보다는 구경이나 산책을 하기 위해 나오는 사람들이었다.

지금은 한국에서도 빈티지에 대한 이해가 커지고 판매하시는 분들도 많아졌다. 무엇보다 중고 거래에 대한 인식도 많이 좋아졌다. 그러나 이때만 해도 한국에선 남이 쓰던 물건을 사용하는 일을 좋지 않게 생각하는 것이 지배적이었다. 하지만 나는 어릴 적부터 오래된 물건을 좋아해 금세 중고 문화에 빠져 버렸다. 그 후 다양한 구성원만큼이나 다양한 스펙트럼의 중고 문화를 가지고 있는 미국에서 십 년 동안 중고 가구를 수집하고 판매하며 많은 것들을 보고 느꼈다.

미국은 낡고 오래되었다고 무조건 버리는 것이 아니라, 그 속에서 가치를 찾고 그것을 문화의 한 축으로 삼으며 지키고 알리려는 자부심이 강하다. 유명세가 있다거나 경제적으로 수집 가치가 있는 건 그것대로, 알려지지 않고 저렴한 것들은 그것대로 소비층이 있다. 또한 거기에 알맞은 경매장이나 가게들, 즉 다양한 시장이 존재한다. 나는 어릴 적부터 손때 묻은 물건들을 좋아했다. 오랫동안 가지고 있던 내 물건은 말할 것도 없고, 남들이 소중하게 간직했기 때문에 긴 시간이 지나도 살아남은 빈티지나 앤티크들을 사랑한다. 인테리어디자이너로 시작했던 커리어와 시댁의 중고 숍과 또 오래된 물건을 좋아하는 취향이 맞아떨어져 결국 직업이 되었다. 그렇게 운명적이라 생각할 수도 있는 여러 상황이 겹쳐 우리는 미국 현지에서 빈티지 사업을 시작하게 되었다. 그것이 GU빈티지 숍의 원형이 되었고 지금 이 책의 출발점이 된 것이다.

두 달 전쯤 책을 내보자는 제안을 받았다. SNS에 글을 쓰는 재미를 붙여 짧지만 그래도 꾸준히 일과 일상을 기록하고 있었다. 무엇보다 오랜 꿈인 글쓰기를 언젠가는 하고 싶다는 생각이 실현될 기회가 드디어 온 것이다. 전문적으로 글을 쓰는 사람은 아니지만, 나에게는 보통 사람들이 겪지 못했던 다양한 경험들이 있었다. 그래서 출판사의 연락을 받고서 1초의 망설임 없이 승낙했다. 책을 쓰는 것이 스트레스라고 여겨지기는커녕 오랜만에 만난 친구에게 그동안 어떤 일이 있었는지, 그리고 우리가 어떻게 시작했는지 밤을 새워 조근조근 이야기하는 기분이 들었다.

그렇게 책을 쓰게 되었고, 나는 책을 쓰는 동안 한 가지를 더 해내기로 목표를 세웠다. 바로 달리기였다. 달리기를 통해 앉아 있을 수 있는 체력도 키우고, 무엇보다 출간 계약서를 받았던 날이 생애 최초로 7마일(10킬로미터) 마라톤을 완주한 날이기도 해서였다. 그렇게 긴 마라톤을 시작한다는 기분으로 책 쓰기를 시작했다.

하지만 글을 쓰기 시작한 지 얼마 안 되었을 때 생각지 못한 큰 사건이 벌어졌다. 우리가 살고 있던 아파트 단지에 큰 화재가 발생한 것이다. 다행히 우리 집까지 불이 옮겨붙지는 않았지만, 건물의 1/3 정도가 타 버릴 정도로 화재 규모가 컸던 데다, 불을 진화하느라 쏟아부은 수천 톤의 물때문에 내 노트북이 고장 난 것은 물론 졸지에 우리는 집을 나와야 했다. 분량이 많지는 않았어도 그동안 써 놓은 원고들이 모두 날아가 버린 것은 물론이다. 핸드폰도 가지고 나오지 못한 채 2주 동안 여관 같은 호텔에서 떠돌이 생활을 하게 되었다. 그리고 보험 처리와 집 구하는 등의 일로 정신적인 여유는 물론 체력도 바닥이 나서 글쓰기도 달리기도 모두 중단했다.

불이 나면서 우리가 가지고 있던 70퍼센트 정도의 물건들이 훼손되거나 소실되었고 그나마 남아 있던 물건들도 방치된 탓에 곰팡이로 망가졌다. 그중에는 멀쩡한데도 두고 와야 하는 물건들도 많았다. 당장 필요 없는 물건들이거나 쓰지 않는 것들이라 챙기지 않았는데, 지금 생각하면 아까운 물건들이 많다. 하지만 제한된 시간 속에 무엇을 챙길 것인가, 놔둘 것인가를 결정하는 건 어려우면서도 쉬웠다. 챙겨야 할 것들은 사진들과 그동안 일한 작업이 들어 있는 컴퓨터, 그리고 오랫동안 모아왔던 책과, 추억이 담긴 손때 묻은 물건들, 친구들에게 받은 선물들, 서류들 등등이었다. 결국 내가 챙겨 온 물건들은 대부분 오랜 시간이 축적된 낡은 물건들이었다. 오래된 것들이 내게 얼마나 소중한지, 화재 사고를 통해 다시 한 번 깨닫게 된 것이다.

생각지 못한 사고로 본격적인 글쓰기에 들어가기 전에 내 주변이 자연스럽게 정리되었다. 심지어 올해 나의 목표는 불필요한 요소들을 제거하는 캐드 명령어인 Purge(삭제)였다. 화재 사고로 리셋에 가깝게 모든 것이 사라졌으니 새로운 마음가짐으로 이 책을 잘 써보라는 계시처럼 느껴졌다. 새로운 노트북과 전화기, 그리고 가구들과 이 주 동안 아주 낯설게 지내다가 이제야 조금 익숙해진 것 같다. 그나마 다행인 것은 지금 이 글을 쓰고 있는 새 노트북이 아주 맘에 든다는 사실이다. 일 년 동안 나의 손이 되어 줄 아이. 달리기에는 신발이 중요하듯, 부드럽고 오랫동안 알아온 친구처럼 편안한 이 자판기가 나의 진솔한 내면을 글로 풀어내 줄 것이다. 의도한 것은 아니었지만 이렇게 나는 일상을 재정비했고, 덕분에 다시 시작하는 기분으로 이 책을 쓸 수 있었다. 무엇보다 오래전부터 하고 싶었던 글쓰기를 통해 나와 가족의 삶의 기반이 되어주는 빈티지 이야기를 할 수 있어 기쁘다.

이 책은 미국에서 디자이너로서 일했던 경험들과 빈티지 수집가와 판매자로서, 그리고 일하는 엄마이자 여성 사업가로서 겪은 경험담을 나누는 에세이가 될 것이다. 그리고 부록에서는 나에게 특별한 의미가 있는 디자이너들과 그들을 대표하는 가구 중 의자를 중심으로 소개하려고 한다. 오래된 물건과 빈티지를 좋아하는 분들에게는 취향을 공유하고 공감을 나누는 장이, 이제 막 빈티지 가구에 관심을 가지신 분들에게는 충실한 입문서가 되었으면 좋겠다.

미국에서의
유학 생활과 직장 생활

나는 어릴 때부터 한 가지에 집중하기보다 여러 가지 분야에 얕고 넓게 관심을 가졌다. 한 예로, 내 주요 관심사 가운데 하나인 미술을 어릴 적 언니와 같이 취미로 배웠지만, 언니는 미대에 진학할 정도로 꾸준히 그림을 그렸던 반면 나는 내 그림이 마음에 안 들면 금방 스케치북을 찢어 버리곤 돌아섰다. 그렇게 한 가지 분야에 뚜렷한 재능을 보이지도, 그렇다고 진득한 인내심도 없었기에 학창 시절 내내 우왕좌왕했다. 그러다가 성적과 전망 그리고 약간의 관심에 맞추어 환경공학과에 진학했다.

그럼에도 전공 공부보다는 미술과 디자인, 문학 그리고 외국 문화 같은 문과 분야에 관심이 많았다. 그래서 졸업 학점을 딸 수 있을 정도로만 전공 공부를 하면서 무역 영어 등 다른 과의 교양 수업을 기웃거렸다. 그리고 미술에 대한 관심도 놓지 않고 언니가 다니던 입시 미술 학원에서 데생을 배우기도 했다. 또 외국에 대한 동경심에, 이민을 간 오빠 친구가 있는 캐나다 몬트리올로 잠깐 어학연수를 다녀오기도 했다. 틈만 나면 아르바이트한 돈으로 비행기 티켓을 끊어 외국으로 여행을 다녔고, 영어 공부도 꾸준히 했다.

그 덕에 토익 점수와 토플 점수를 잘 받았다. 졸업을 앞두고 관심이 있던 이런저런 회사에 이력서를 보냈는데, 높은 토익 점수 덕에 거의 모든 곳에 1차 합격을 했다. 그러나 목표 없이 여기저기 찔러 봤던 거라 결과는 참담했다. 대부분 최종 단계에서 떨어졌다. 구직을 시작했던 초기, 서류 전형에

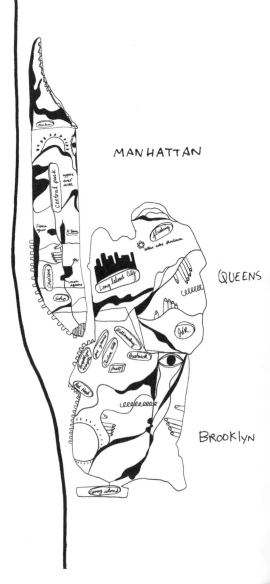

NEW JERSEY

MANHATTAN

QUEENS

BROOKLYN

연달아 붙었을 때만 해도 어디 한 곳이라도 가겠지, 하고 기대했었다. 하지만 태평한 생각과 달리 몇 번의 기회를 놓치고 난 후 시간은 훌쩍 흘러갔다. 결국 취업을 못한 채 졸업하게 되었다. 특히나 그때는 2000년으로 삼 년 전 IMF 사태로 나라가 부도 직전까지 갔고 그 후유증이 남아 있던 때라 청년 실업이 심각한 시기였다. 2001년 황망한 상태로 졸업식에 참여했고, 그 후 취업 준비생으로 반 년 동안 목표 없이 운전면허증과 이런저런 그래픽 툴을 배우러 학원에 다녔다.

그러던 중 이대로는 안 되겠다 싶어, 내내 관심을 놓치 않았던 미술에 대한 꿈을 다시 꾸어 보기로 했다. 산업디자인을 전공하셨던 형부의 지인을 통해 뉴욕에 있는 한 아틀리에 정보를 얻었다. 경제적 여유가 없는 예술가들을 위한 아틀리에(Art Student League of New York)였다. 후에 알게 되었지만 레이 임스Ray Eames[1], 잭슨 폴록Paul Jackson Pollock[2], 그리고 한국의 김창열 화백[3] 등 많은 쟁쟁한 예술가들이 그곳을 거쳐 갔다고 한다. 그 아틀리에는 누구나 들어갈 수 있었고 가격도 저렴했지만 한 가지 높은 벽이 있었다. 바로 뉴욕의 어마어마한 체류비였다. 그래서 뉴욕은 아니지만, 뉴욕으로 통학할 수 있는 거리에 살고 계신 코네티컷의 사촌 언니에게 S.O.S를 쳤다. 다시 꿈을 꾸는 건 좋은 일이라며 언니는 흔쾌히 방 하나를 내어 주셨다. 그뿐만 아니라 몇 달간 매일 내가 뉴욕시로 가는 시간과 돌아오는 시간에 맞춰 기차역을 오고가며 차를 태워 주셨다.

1 미국의 가구 디자이너. 남편 찰스 임스Charles Eames와 함께 가구뿐 아니라 광고 디자인, 전시기획,
장난감 디자인, 대기업 자문, 심지어 영화제작까지 다방면에서 활동했다.
2 미국 추상표현주의의 선구적 화가. 생전에 유럽의 현대미술 화가들과 동등하게 인정받았다.
3 예술성과 대중성을 모두 성취한, 한국 미술을 대표하는 화가로 '물방울의 화가'라고 불린다.

나의 미국 생활이 시작된 코네티컷은 뉴욕에서 일하면서 가족들과 넓은 주택에서 여유로운 생활을 하고자 하는 사람들이 많이 사는 곳이었다. 뉴저지가 좀 더 평범한 중산층이 사는 지역이라면, 이곳은 미 동부 해안가에 근접해 요트도 띄울 수 있어 좀 더 풍요로운 분위기였다.

다행히 언니네 집에서 차로 십 분 거리에 기차역이 있었고, 여기에서 맨해튼 중앙역으로 이어지는 메트로 노스Metro North 기차를 탈 수 있었다. 나는 언니가 차려준 간단한 아침을 먹고 양복을 말끔히 차려입은 아저씨들과 함께 기차에 올랐다. 그리고 기차가 한 역 한 역 지날 때마다 조금씩 바뀌는 창밖 풍경을 보면서 뉴욕시로 들어갔다.

뉴욕 여행을 선전할 때 빠지지 않는 맨해튼 중앙역, 즉 그랜드 센트럴 터미널Grand Central Terminal이 매일 아침 내가 도착하는 곳이었다. 지금도 그렇지만 당시에는 그곳에 도착할 때마다 경외감과 주눅이 교차했다. 높다란 하늘색 천장에 멋지게 부조로 새겨진 별자리들과 견고하면서도 운치 있는 조형물들, 그리고 바쁘게 움직이는 사람들 사이에서 나는 어리숙한 외국인 여자아이였다. 나는 차비를 아끼려는 목적도 있었지만 활기찬 뉴욕 아침을 만끽하고도 싶어 42번가 역에서 57번가 아틀리에가 있는 곳까지 항상 걸어 다녔다. 그 길이 바로 관광객이 가장 많은 뉴욕의 심장부였다. 나는 방송에서나 보던 록펠러 센터Rockerfeller Center 앞에서 매일 아침 진행되는 NBC 방송국의 〈투데이쇼〉 촬영 현장과 그 라이브 방송을 보려고 아침 일찍 나온 관광객들의 에너지 가득 찬 모습을 지나쳐 아틀리에로 향하곤 했다.

아틀리에에서는 별다른 기초가 없어도 신청할 수 있었던 누드 크로키 수업을 들었다. 삼 개월 정도 그렸는데, 지도 교수님이 아틀리에 자체에서 하는 전시회에 그림을 출품해 보라고 권유했다. 오랫동안 습작을 한 것은 아니었지만, 어릴 때 언니랑 미술 학원에 다닌 것, 그리고 공대에 입학한 후에도 꾸준히 취미로 데생을 했던 일이 조금 도움이 되었던 것 같다. 그러던 중 그곳에서 만난 몇 명의 한국분들이 학교를 추천해 주었다. 나는 좀 더 준비하여 일 년 후쯤 들어갈 생각으로 새 학년이 시작되기 바로 전인 8월, 브루클린에 위치한 프랫 인스티튜트Pratt Institute에 캠퍼스 투어를 갔다.

프랫 인스티튜트는 따뜻한 느낌의 벽돌 건물들이 인상적인 작은 미술 전문학교로 도심인 맨해튼과는 분위기가 또 달랐다. 학교를 구경하고 마지막 순서로 입학 상담사와 1대 1 미팅을 가졌다. 혹시나 하는 마음에 나는 다음 달 시작하는 인테리어과 대학원에 티오가 남아 있는지 물었다. 미국에 살고 있던 오촌 고모가 해 준 조언에 따르면 미국 학교들은 여러 가지 이유로 티오가 남아 있는 경우가 있다는 것이었다. 프랫이 꽤 유명한 뉴욕의 사립 미술학교이기에 큰 기대는 하지 않았지만, 혹시나 하는 마음에 마지막 인사를 하면서 운을 떼어 본 것이었다. 혹시 다음 학기 인테리어디자인 대학원 예비 과정 프로그램에 자리가 남아 있느냐고. 기대 없이 던진 질문이었는데, 자리가 있었다. 만약 내가 일주일 안에 모든 서류를 제출할 수 있다면 가능하다고.

노력해도 되지 않던 취업과 달리, 학교 진학에서는 운이 따랐다. 대학 내내 토플 시험을 보아 왔던 터라 유효기간이 한 달 남은 토플 점수가 있었고, 부모님이 재정 증명을 해 주셨다. 전공은 완전히 달랐지만, 학부 때 논문을 지도해 주신 장서일 교수님이 추천서를 써 주셨다. 그리고 또 불과 삼 개월밖에 다니지 않은 뉴욕의 아틀리에 선생님께 용기 내어 추천서를 부탁드렸는데 흔쾌히 응해 주셨다.

그렇게 급조해서 낸 추천서들과 서류들 그리고 에세이의 결과는 놀랍게도 합격이었다. 물론 본프로그램이 아닌, 비전공자를 위해 만들어진 예비 과정 프로그램이라 입학 절차가 비교적 까다롭지 않았던 영향도 있었을 것이다. 하지만 남들이 사 년 동안 하는 공부를 일 년 안에 마쳐야 하는 이 프로그램은 좋게 표현하자면 무척이나 알찼고, 나쁘게 말하자면 굉장히 '빡셌다'. 이 프로그램은 1년짜리이지만 워낙 수업 강도가 세서 1년이 되기도 전에 탈락자가 속출했다. 일본에서 고위 공무원으로 지내다 뒤늦게 인테리어 디자이너의 꿈을 이루려고 들어왔던 한 친구는 한 학기를 마치지도 못하고 본국으로 돌아가 버릴 정도였다.

아무튼 나는 우여곡절 끝에 합격 통지서를 받고는 비자를 바꾸기 위해 한국에 다녀와야 했다. 입학 절차를 고려해 9월 첫째 주까지는 돌아와야 하는 일정이었다. 그런데 때마침 언니의 결혼식이 9월 둘째 주에 예정되어 있었다. 언니의 결혼식에 참석하기 위해 학교 측에 일주일만 더 있다 입국해도 되는지 문의했더니, 그렇게 되면 입학이 내년으로 미뤄진다고 했다. 언니의 결혼식에 참석하지 못하는 게 속상했지만, 그래도 일 년을 그냥 보낼 수는 없었다. 그래서 언니에게 축하 인사만 하고 비행기에 올랐다.

그렇게 미국에 다시 들어온 날짜가 2001년 9월 8일이었다. 주말을 보내고 다른 아이들보다는 한 주 늦게 9월 11일 첫 수업에 들어갔다. 그런데 갑자기 여교수님 한 분이 문자 메시지를 보고 외마디 욕을 던지면서 교실 밖으로 나갔다. 반 아이들은 웅성웅성했고, 어디서 불이 났다고 했다. 우리 학교는 오래되어 불이 빈번히 일어났기 때문에 다들 학교 내 화재 사고일 거라고 생각하고 있었다. 그러나 그 사고는 모두가 다 알고 있는 9.11 테러 사건이었다. 테러가 벌어진 것은 강 건너였지만, 워낙 큰 사고라 쌍둥이 빌딩이 있는 로워 맨해튼과 가까이 있었던 학교 옥상에서도 사고 현장을 다 볼 수 있었다. 참고로 지금도 유튜브에서 쉽게 찾아볼 수 있는, 비행기가 건물과 충돌하는 장면을 찍은 사람이 당시 보람이 다니고 있던 학교의 영화과 교수였다. 내가 미국에 온 지 며칠 안 되어 영화보다 더 영화 같은 일들이 일어난 것이다. 바로 전달 8월에 그 쌍둥이 빌딩에 놀러 갔었는데. 한동안 핸드폰 전화는 불통이었다. 그래도 공중전화는 끊기지 않아 한국에 계신 부모님께 간신히 안전하다는 소식을 전할 수 있었다. 이 사건을 계기로 정말 많은 사람의 인생이 달라졌고, 미국의 보안 시스템도 매우 엄격하게 바뀌었다.

내가 언니의 결혼식에 참석하기 위해 일주일만 더 늦게 미국에 들어왔다면 프랫 인스티튜트 진학은 불가능했을 것이다. 그럼 그 후 인생도 달라졌을 것이다. 그렇지만, 지금 생각해 보면 인생은 어느 정도 정해져 있다는 생각도 든다. 항상 열심히 하려고 노력했지만, 내 인생 곳곳에 어찌할 수 없는 불가항력의 운명이 작용했다. 한국에서 취업을 하려고 그렇게 노력했지만 되지 않다가, 미국에 와 새 학기가 한 달 남은 시점에 모든 서류를 준비해 대학원에 합격했고, 또 일주일 늦게 도착한 첫 수업 날, 세계인들을 모두 경악하게 만든 테러가 일어나다니. 가히 운명이라고밖에 설명할 수 없다.

아무튼 다른 사람들에 비해 별다른 준비를 하지 않고 운 좋게 들어왔던 나는 역시나 학교 일정을 따라가는 게 버거웠다. 전공은 다르지만 꽤 좋은 학교의 학사 졸업장을 들고 온, 말 잘하는 미국 아이들(미국 수업은 보여주기 위한 프리젠테이션도 중요하지만, 그 내용을 설명하고 의미를 부여하는 토론식 수업이 정말 중요하다.)과 이미 인테리어회사를 다니고 있거나 운영하고 있지만 좀 더 전문적인 지식과 학위를 위해 들어온 아이들도 있었다. 또 총 사십 명쯤 되는 사람들 중에 10퍼센트 정도 되는 한국인 유학생 언니들도 그전에 전문 포트폴리오 학원을 다녔거나, 학부에서 부전공을 했거나, 혹은 아버지가 한국의 유명 건축회사 사장이라 곁눈으로 보고 배운 게 있는 사람들이었다. 그러니 그 틈에서 자연스레 기가 죽을 수밖에 없었다.

첫 스튜디오 프로젝트는 다른 클래스메이트와 한 조가 되어 진행되었다. 바로 클라이언트와 인테리어디자이너로 역할을 나누어 서로를 인터뷰한 뒤, 상대방의 집을 인테리어해 주는 일이었다. 나랑 한 조가 되었던 알렉시스라는 친구는 여러 가지로 놀라웠다. 채식주의자라고 했는데, 한국 음식을 좋아한다면서 어느 날 함께 점심을 먹자고 했다. 밥을 먹으려고 보니 그는 한국 콩나물과 시금치나물, 거기다 공깃밥을 점심으로 싸 가지고 왔다. 더욱더 놀라웠던 건 나는 전혀 알지 못하는 가구 디자이너와 가구들에 대한 해박한 지식이었다. 그때 그녀가 이야기한 가구 중에는 지금 GUVS에서도 많이 다루는 바르셀로나 체어[4]도 있다. 영어도 제대로 못하고 인테리어에 대한 지식도 없는 상태에서 당시 내가 무슨 이야기를 했고, 그 친구는 우리 집을 어떻게 디자인해 줬는지 기억이 나지 않을 정도로 위축된 상태였지만, 첫 번째 프로젝트를 간신히 끝냈다. 나중에 알았지만, 이 친구의 어머니는 뉴욕에서도 이름만 대면 알 만한 꽤 크고 유명한 인테리어디자인회사의 간부였다.

나처럼 영어도 안 되고, 전공에 대한 지식도 전무한 그야말로 맨땅에 헤딩하는 수준의 사람은 거의 없었다. 있었다고 하더라도 그런 아이들은 첫 일 년 동안 스스로 지쳐서 그만두거나 학교 시스템을 통과하지 못했다. 당연히 나도 한 학기 정도는 방황했다. 영어는 물론 캐드나 3D 프로그램 등의 기술적인 부분들이 너무나 버거웠다. 그렇게 꾸역꾸역 학교를 다닌 지 몇 달 되지 않았을 때였다. 아버지가 뇌출혈로 쓰러지셨다는 소식이 전해져 왔다. 이미 부모님의 사업을 물려받아 내 학비와 생활비를 대고 있던 언니는 내게 학업을 접고 한국에 들어와 일을 도와 달라고 했다. 고민을 하고 있는데 오빠가 아직 그 정도로 힘들지는 않다고, 삼 년 공부가 미래 삼십 년을 다르게 만들 거라며 학업을 지속하라고 했다. 두 사람의 다른 의견 사이에서 어떻게 해야 하나 고민했다. 엄마는 공부를 계속하라는 입장이었고, 나도 그러고 싶었다. 하지만 불편한 마음에 내 생활비라도 벌고 싶어 멀티미디어 도서관 아르바이트를 시작했다. 그리고 그 일을 하면서 다양한 전공의 아이들을 만나게 되었다.

특히 순수예술을 하는 아이들을 많이 만났는데 몹시 부러웠다. 무엇인가를 자유롭게 표현할 수 있는 점과 겉치레에 크게 신경 쓰지 않는 자연스러운 모습이 좋았다. 그 친구들의 영향으로 순수예술에 대한 호기심이 다시 불타올랐다. 하지만 그림을 시작하기에는 너무 늦은 것 같아 평소 관심이 많았던 사진으로의 방향 전환을 염두에 두고 사진과를 찾았다. 그러나 포트폴리오를 준비하는 시간이 필요했고

29

인테리어에 비해 미래도 불투명했다. 그렇다. 나는 그렇게 일종의 현실도피로 하나에 집중하지 못한 채 여기저기 기웃대며 유학 생활을 흘려보내고 있었다.

지금 생각하면 부끄러운 이야기이지만 아버지가 쓰러지셨어도 집에서 학비와 기본 생활비를 받고 있기에 가능한 일이었다. 그런 상황에서도 나는 철이 없었던지, 따라가지 못하는 수업을 걸핏하면 빼먹고 1:1로 진행되던 스튜디오 수업에도 제대로 준비하지 않은 채 들어갔다. 그러던 어느 날 태도가 성실하지 않은 한국 유학생들에게 쓴소리하기로 유명한 한국계 여자 교수님의 수업에 들어갔다. 나는 그날도 별 준비 없이, 전공 탓만 하면서 앉아 있었다. 그런데 선생님이 정말 걱정스러운 표정으로 "영어를 못하면 열심히라도 해야지." 하고 말씀하셨다. 순간 수치심과 함께, 고마움이 밀려왔다. 왠지 나를 혼내기 위해서라기보다 자신의 경험에 비추어 이야기를 한다는 진정성이 느껴졌기 때문이다.

그날부터 정신을 차렸다. 그리고 여전히 힘겹긴 했지만 열심히 유학 생활을 했다. 부족했던 기술적인 부분은 상급반 지인들에게 과외를 부탁해서 배웠고, 남는 시간은 학교 도서관에서 책을 보며 보냈다. 당시 나는 좀 더 예쁘고 깔끔한 공간, 그리고 뚜렷한 개성을 가진 멋진 공간을 만들어 보고 싶다는 생각만 했지, 건축가, 디자이너 그리고 가구에 대한 지식이 별로 없었다. 하지만 남는 거의 모든 시간을

5 이라크 출신의 건축가로 2004년 여성으로는 최초로 건축 분야 최고의 상인 프리츠커상을 수상했다.

도서관에서 보내면서 다양한 책들을 보고 지식을 쌓게 되었고, 많이 알수록 또 많이 보이는 선순환이 이루어졌다.

학교가 뉴욕에 위치했던 것도 디자인 공부에 더할 나위 없이 좋은 환경이었다. 뉴욕이나 세계를 무대로 활동했던 당대 유명한 디자이너들이나 작가들이 수업을 가르치기도 했고, 자하 하디드Zaha Hadid[5], 프랭크 게리Frank O. Ghery[6] 등 세계의 탑 건축가들이 강연차 오기도 했다. 마케팅 전략이 뛰어난 놀Knoll[7]이나 허먼 밀러Herman Miller[8] 같은 가구 대기업들에서도 학교에 주기적으로 사람을 보내 자신들의 가구를 알렸다. 유명인이 아니라도 학생들을 우선 잡아야 미래 고객이 될 거라는 장기적인 관점에서 일 년에도 몇 차례씩 과에 방문해 프리젠테이션을 하고 선물을 나누어 주기도 했다.

쉽지는 않았지만 학습 환경이 좋았던 학교에서 무사히 이 년을 보내고 삼 년째 되는 해였다. 마지막 학기 논문만을 남겨 놓았을 때 뉴욕의 건축·인테리어 회사 백여 곳을 찾아 리스트를 만들고 인턴 자리를 찾기 위해 하루에 다섯 군데 씩 이력서를 보냈다. 한 달 동안은 이력서와 포트폴리오를 프린트하고 지원서 패키지를 만들어서 우체국에 가는 게 하루 일과였다. 나중에는 구인 정보가 없어도 무조건 보냈다. 하지만 거의 모든 곳에서 답이 없었다. 몇몇 유명한 회사에서만 회사의 이미지 때문인지 이력서를 보내줘서 고맙다는, 그러나 지금은 구인을 하지 않는다는 형식적인 답

6 캐나다 출생의 건축가로 1993년 베네치아 건축 비엔날레에서 미국의 대표적 건축가로
선정되었다.
7 1938년 창립자인 한스 놀Hans Knoll이 뉴욕에 첫 번째 매장을 열면서부터 시작된 가구회사이다.
8 1905년도에 설립된 가구 제조사로, 미국 모더니즘을 이끈 대표적 가구회사이다.

장이 올 뿐이었다. 그러던 중 중소 규모의 회사 몇 군데에서 연락을 받았고, 마침내 인터뷰를 하게 되었다.

그렇게 몇 차례 인터뷰를 한 후 맨해튼 미드타운에 위치한 스무 명 정도 규모의 한 인테리어회사에서 연락을 받았다. 인턴으로 나와 줄 수 있느냐고! 꿈만 같았다. 하지만 이 당시 뉴욕에서도 패션이나 인테리어 등 재미있어 보이는 회사의 인턴은 열정 페이가 흔하던 시절이었다. 그래도 당시에는 페이를 떠나 그저 취직을 했다는 사실이 행복하기만 했다. 거기에 더해 페이도 꽤 좋았다. 지금 생각해 보면 이때만큼 잠을 설치며 전전긍긍했던 적이 없는 것 같다. 한국에서는 시립대학교를 나왔기 때문에 부모님께 재정적인 부담을 크게 드리지는 않았다. 그러나 대학원에서 한국 학교의 한 학기 등록금에 맞먹는 금액을 한 과목 학비로 내면서 내내 죄송한 마음이 컸다. 게다가 집안에 환자가 있는 상태였기에 졸업을 앞두고 꼭 전쟁에 나가 이기지 못하면 돌아갈 자격이 없을 것 같은 부담감을 느꼈다. 그만큼 절실했고, 절실한 만큼 노력했다. 그랬기 때문에 어떤 추천서나 지인의 도움 없이 내 힘으로 뉴욕의 프로 세계에 발을 들일 수 있었던 것 같다.

인턴으로 들어간 회사에서는 모든 것이 새롭고 신기하고 즐거웠다. 이십여 명의 직원들 속에 한국 언니들이 두 명 있었다. 한 명은 고등학교 때 가족들과 같이 이민을 와 미국에서 대학과 대학원을 나온 주니어 디자이너였고, 다른 한 명은 한국에서 외국어 전공으로 대학을 마치고 바로 회사에 취직한 라이브러리언librarian이라고 불리는 자재 관리직이었다. (어느 정도 규모가 되는 건축·인테리어 회사에는 다양한 재료 샘플과 여러 회사에서 가져다 놓은 가구 브로슈어들을 모아 놓는 자재 샘플실material library이 있다.) 전혀 다른 배경에 다른 직종에서 일했지만, 공통점은 회사에서 둘 다 인정받고 있었다는 사실이었다. 그 덕분에 한국인의 이미지가 좋아 나를 인턴으로 뽑게 된 거 같았다. 한 사람 한 사람의 행동이 그 나라의 이미지가 되고 결국 선한 영향력을 줄 수 있다는 사실은 그 후 다른 회사에 들어가서도 느꼈다.

아침 일찍 일어나 브루클린에서 전철을 타고 맨해튼의 직장인들에 섞여 출근하는 기분은 짜릿했다. 소기업이라 할 수 있었던 첫 직장은 주로 중소기업의 오피스 디자인을 하는 곳이었다. 또 가끔씩은 그 회사들 간부급의 별장이나 집을 인테리어해 주기도 했다. 기억에 남는 클라이언트로는 부동산 사무실을 운영하는 부동산 재벌 코코란Cocoran이 있다. 코코란은 내가 일을 할 때만 해도 그리 많지 않은 체인을 가진 뉴욕의 부동산 사무실 중 하나였다. 당시 코코란은 오래된 상점들을 구입해 리노베이션하고 있었고, 내가 공사 후의 모습들과 브랜딩하는 과정을 3D 프로그램으로 구현해 준 기억이 있다. 그 일처럼 내가 회사에서 맡은 일은 주니어 디자이너의 3D 렌더링 보조와 각종 인테리어 재료들이 모여 있는 자재 샘플실 정리였다. 또 건축가들이 새로운 프로젝트를 의뢰받았을 때 외부에 함께 파견 나가 실측해 온 자료를 캐드 파일로 만드는 일도 하였다.

그중에서 기억에 남는 일이 있다. 매주 가구 회사와 패브릭 회사 등에서 렙Rep이라고 불리는 영업사원들이 나와 새로운 제품을 디자이너들에게 보여주고 자재 샘플실에 있는 자기 회사 폴더를 업데이트했다. 영업사원들의 방문은 늘 즐거웠다. 점심시간 이후 나른하게 졸릴 때쯤 디자이너들에게 간식거리를 가져다주었기 때문이다. 물론 간식뿐만 아니라, 그 회사에서 개발한 신규 가구나 패브릭 라인을 소개해 주어 매우 흥미로웠다.

기억에 남는 영업사원은 지금 GUVS에서도 많이 취급하는 놀의 패브릭 라인을 소개하던 놀 텍스타일Knoll Textile의 모리스였다. 업계 최고 중 하나인 패브릭 라인을 소개하면서도 으스대는 일 없이 항상 동네 아줌마같이 따뜻하고 유연하게 프리젠테이션을 했다. 이제 막 현장에 들어선 막내인 나에게도 항상 상냥하게 이런저런 좋은 이야기들도 많이 해 주었다. 후에 내가 이 회사를 떠나 좀 더 큰 회사로 옮겼을 때도, 모리스 아줌마는 그곳까지 방문해 꽤 오랫동안 인연을 이어 나갔다.

가족적인 분위기의 회사 생활은 즐거웠다. 작은 회사였기에 여러 파트의 사람들을 보조해야 했고 덕분에 다양한 일을 직접 해 보고 배울 수 있었다. 다채로운 배경을 가진 직원들과의 교류는 힘들기보다 매일매일이 새로웠다. 우리 회사는 원래 60대 유태인계 파트너들이 차린 회사였는데 당시 비교적 젊은 40대 파트너가 넘겨받아 운영을 책임지고 있었다. 60대 파트너들은 고문으로 남아 가끔씩 회사에 들렀다. 나는 그분들이 처분하려고 내놓은 가구를 공짜로 받아 오기도 했다. 그 가구들은 그분들이 젊은 시절 구매했던 가구였는데, 지금 생각하면 멋진 빈티지 가구였다. 요즘 한국에서도 인기가 많은 폴락 체어[9]가 그중 하나로 우리가 처음으로 가지게 된 빈티지 체어였다.

젊은 사장님들은 남녀 건축가 두 분이었는데, 여자분은 막 40대를 넘기고 뉴욕의 유명 셰프와 결혼해 아이를 낳아 회사 일을 잠시 중단하고 싶어 했다. 뉴욕은 미국의 다른 지역과 달리 업무 강도가 세다. 특히 창의적인 분야에서는 한국처럼 정확한 퇴근 시간 없이 야근도 많이 한다. 그에 비해 월급은 세계에서 가장 물가가 비싸다는 뉴욕시에서 살기엔 넉넉하지 않다. 무엇보다 집값이 비싸, 마흔이 넘어서나 아이를 낳을 수 있는 경우가 많다. 우리 회사 여자 사장님도 그랬고, 남편이 다니던 편집회사의 파트너도 그런 경우였다. 둘 다 마흔이 넘어서야 첫 아이를 낳았다. 그 때문에 이후 내가 주니어 레벨이던 20대에 불쑥 임신을 하자 나 스스로도 당황스러웠지만, 회사 사람들도 꽤 당황해했다. 그 외에도 기억에 남는 건 제임스라는 시니어 디자이너가 있었는데, 인테리어나 패션 쪽에선 꽤 흔하게 만날 수 있는 게이 아저씨였다. 필리핀계 멋쟁이에 음식도 잘해서 가끔씩 내 도시락까지 챙겨주었던 따뜻한 기억이 있다. 자기만

9 부록 278쪽에 수록.

큼이나 잘생기고 능력 있는 건축가 애인과 나중에 결혼해서 지금도 잘살고 계신다.

그렇게 즐거웠던 인턴 생활을 보냈지만, 나는 일을 하느라 논문 발표를 미루었다. 제때 취업을 못했을 경우 학생 비자로 시간을 벌기 위해 잔꾀를 부린 것이다. (졸업 후 일 년 동안 비자 유예기간이 있는데 회사에 취직해서 취업비자를 받지 못하면 미국에 합법적으로 체류할 수 없다.) 이 계획은 오히려 나한테 독이 되었다. 직속으로 있으면서 여러 일을 가르쳐 주었던 한국인 주니어 디자이너 언니가 남편 학교 때문에 엘에이의 다른 회사로 이직하게 된 것이다. 그래서 내가 제때 졸업을 했으면 그 자리를 채울 수 있었을 텐데, 논문에 막혀 그 자리는 언니의 다른 한국인 학교 후배 J가 채우게 되었다.

나랑 동갑내기였던 J랑은 주니어와 인턴 관계로 친하게 지내고 있었다. 이후 나도 회사에서 주니어 디자이너로 잡오퍼를 받았고, 그 친구도 풀타임으로 들어와 함께 일하게 되었다. 그러다가 어느 날 J와 월급을 터놓은 게 화근이었다. 크게 차이 나지는 않았지만, 그 친구의 월급이 나보다 약간 많았다. 나는 내가 더 오랜 시간 이 회사에 있었고 무엇보다 그 친구가 회사 생활을 잘할 수 있도록 도움을 주었던 일들이 떠올라 조금 약이 올랐다. 그때부터 나는 삐딱해지면서 회사 생활에 불만을 가지기 시작했다. 불만과 태만에 가득 찬 내 모습을 윗사람들은 금세 눈치챘을 것이다.

그 결과는 정리해고. 회사의 인사관리를 맡은 캐런이 어느 금요일 아침 자신의 사무실로 나를 부르더니 지금 무슨 일을 하고 있는지 물었다. 나는 이번 주 할 일은 오늘이면 다 끝난다고 이야기했다. 그러자 캐런이 이렇게 말했다. Good. 그날 오후 업무가 종료되기 한 시간 전 그녀가 나를 불렀다. 네가 영어가 부족해서 해고되었으니, 한 시간 안에 짐을 싸서 나가라고. 물론 그동안의 내 행동이 잘한 것이라고는 할 수 없었다. 하지만 너무하다 싶었다. 해고 통보를 하면서 한 시간 안에 나가라니.

미국 회사는 여러 가지 면에서, 특히 정서적인 부분에서 한국 회사와 매우 다르다. 자료를 빼 갈까 싶어 한 시간 전에야 해고 사실을 알려 준다. 회사 동료들도 이직을 하는 경우에는 이별 파티를 해 끝을 잘 마무리하지만 정리해고당한 동료에게는 그동안 쌓아온 시간이 무색하게 냉랭하게 보낸다. 아이러니하게도 나랑 몇 개월을 단짝처럼 지낸, 그러나 어떻게 보면 내 자리를 빼앗았다고도 볼 수 있는 J만이 내가 초라하게 상자를 들고 나갈 때 배웅해 주었다. 밖에서 기다리고 있던, 그때는 남자 친구였던 보람이 울고 있는 나와 어쩔 줄 몰라하는 J를 번갈아 바라보다 "나 잘렸어." 하는 말에 난처한 표정을 지었다.

며칠 동안 우울증 환자처럼 집에 누워 있었다. 그러다가 학교 선배이자 헤이리의 구빈티지 사옥을 설계해 준 경민 오빠에게 연락했다. 그는 퍼킨스 앤 윌Perkins & Will이라는, 업계에서도 세 번째 정도로 큰 건축·인테리어 설계 회사에 다니고 있었다. 내가 회사에서 해고당했다고 하자, 마침 퍼킨스 앤 윌에서 사람을 구하고 있다며 이력서를 보내라고 했다. 그 회사의 주니어 디자이너 세 명이 막 이직한 상태라 자리가 있었던 것이다. 그 회사는 주로 학교와 종합병원 등 공공성이 강한 기관들을 디자인하는 회사였다. 마침 존스 홉킨스 대학교Johns Hopkins University의 새 병원 설계를 위해 주니어 디자이너를 찾고 있었고 나는 그 팀에 면접을 보게 되었다. 종합병원 전문 시니어 디자이너들 세 명과 인터뷰를 했고, 결과는 합격이었다.

지난번 회사의 분위기가 가족적이었던 것과 달리, 새 회사는 직원이 백여 명이 넘는 그 규모만큼이나 분위기가 무척 사무적이었다. 회사로 출근한 첫날, 나와 같은 팀이 아닌데도 한 여자 건축가가 경민과 나를 데리고 나가 점심을 사줬다. 새 직원이 들어오면 이렇게 시니어 디자이너들이 돌아가면서 점심도 사주고 이런저런 회사 이야기를 해 주는 것이 회사 방침이었다. 회사 식구들이 모두 우르르 나가 밥을 먹는 문화와는 다른, 규모가 큰 회사에서 새로 온 직원에게 선의를 베풀 수 있는 나름의 시스템이었다.

점심을 먹고 내 자리로 돌아왔더니 우리 팀의 시니어 디자이너 한 명이 대뜸 별 설명도 없이 커다란 도면 하나를 툭 던져 줬다. 그러고는 그저 도면을 보고 있으라고 했다. 시니어 디자이너들은 너무 바빠 일을 제대로 가르쳐 줄 시간도 지시를 내릴 시간도 없어 보였다. 멍하니 도면을 바라보다 보니 몇 시간이 지났다. 십 년이 훌쩍 지난 지금도 그 첫날의 기억이 또렷하다. 그다음 날도 현실은 크게 달라지지 않았다. 어쩔 수 없이 도면을 열심히 바라보면서 뭐가 잘못되었는지 찾아냈다. 한눈에도 딱 들어오는 문제점이 있었다. 창틀과 벽 라인이 맞지 않았다. 그 이야기를 하니 시니어 디자이너들은 내가 무슨 큰 발견이라도 한 듯이 호들갑을 떨었다.

계속 그런 식이었다. 건축을 맡은 엘에이 오피스에서 외부의 창틀 간격을 계속 바꾸고, 거기에 맞추어서 인테리어 공간 설계는 계속 수정해야 하는데, 그 속도를 따라잡지 못하는 거였다. 그도 그럴 듯이 창틀 간격을 바꾸는 건 큰 문제가 아니었지만, 프로그램에 따라 가구와 집기를 재배치해야 하는 인테리어 팀은 창틀 간격이 조금 바뀔 때마다 모든 걸 바꿔야 했기 때문이다.

첫 시작은 낯설고 당황스러웠지만 퍼킨스 앤 윌은 내가 인턴으로 일했던 회사보다 여러모로 일의 규모가 컸다. 미국 전역과 해외 몇 나라에도 오피스를 두고 있는 큰 회사라, 작은 회사들이 다룰 수 없는 대규모 프로젝트들을 진행했다. 내가 들어간 존스 홉킨스 팀도 세계에서 제일 큰 규모의 심장 전문병원과 어린이 병원 프로젝트를 막 시작한 참이었다. 내가 그 팀에서 일할 동안 회사의 또 다른 팀은 뉴욕 폴리스 아카데미 프로젝트를 진행했다.

사실 이런 대규모 프로젝트는 막 업계에 발을 내딛은 디자이너가 일을 배우기 좋은 환경은 아니다. 프로젝트 규모가 작을수록 주니어 디자이너들은 전체 설계 과정을 경험해 보고, 빠른 시간 내에 실무를 익힐 수 있다. 특히 병원 디자인은 쓸 수 있는 재료에 제약도 많고, 코드Code[10]도 많아 디자이너들이 기피하는 분야 중 하나였다. 하지만 나는 많은 일을 이 회사에서 배웠고 또 지금까지도 이 회사에서 일했다는 사실에 자부심을 느낀다.

그 이유 중 하나가 화려함만을 추구하기보다는 정말 필요한 것들을 디자인한다는 점이었다. 무엇보다 업계에서 가장 환경에 신경을 많이 쓰는 회사였다. 지금은 지속 가능성Sustainability이라는 용어가 널리 알려져 있지만, 이때만 해도 다들 환경 문제에 크게 신경 쓰지 않을 때였다. 하지만 회사는 지속 가능성을 회사의 가장 중요한 모토로 삼고 있었고, 전 직원의 입사 조건으로 친환경 건축 인증사 LEED(Leadership in Energy and Environment design)를 요구했다. 또한 자재 샘플실에서 비닐 등 환경에 유해한 제품들을 모두 없애 버렸다.

내가 사 년 동안 참여했던 존스 홉킨스 종합병원 신축 설계 프로젝트는 그 규모만큼이나 긴 시간 그리고 많은 인력이 투입된 프로젝트였다. 설계만 오 년 정도가 걸렸으며 완공되기까지는 총 십 년이 걸렸다. 그리고 뉴욕, 샌프란시스코, 엘에이, 시카고 네 개의 오피스에서 백 명의 건축가와 인테

10 건축시 지켜야 할 규약이나 관례.

리어디자이너가 설계에 참여했다. 이 프로젝트를 통해 배운 건 사실 디자인보다 같이 일하는 사람들과 어떻게 소통하는냐는 것이었다. 지금 GUVS를 이끌어 나가는 데, 그리고 비교적 짧은 시간 내에 규모를 확장하고 회사 시스템을 만드는 데는 이 시절 다양한 사람들과 의사소통하는 법을 배운 게 많은 도움이 되었다.

오 년 동안 퍼킨스 앤 윌을 다녔다. 내가 들어간 이후로 뉴욕 지점이 더 커져서 백여 명이던 인원이 이백 명으로 늘었다. 그리고 보험사나 은행 등 사무직 사람들이 많은 미드타운Midtown[11]에서 젊은이들이 많은 유니언스퀘어Union Square[12]로 회사가 이사했다. 한국 사람의 이미지가 좋았던지 백여 명 중 경민 오빠와 나, 두 명이던 한국 직원들이 열 명까지 늘기도 했다. 규모가 커지며 우리 팀도 계속 충원을 했다. 충원에도 불구하고 많은 업무가 쌓였고 다른 오피스와 소통해야 하는 상황에서 늘 야근을 했기 때문에 팀원들은 가족같이 끈끈해졌다.

나는 이 회사에 다니면서 결혼을 하고 아이를 낳았다. 위에서도 잠깐 언급했듯이 많은 뉴요커들이 일이나 주거 조건이 좋지 않아 늦게까지 아이를 낳지 않는다. 마흔이 넘어서 결혼을 하거나 아이를 낳는 게 보통이다. 이런 분위기에서 나는 겁도 없이 주니어 디자이너일 때 결혼과 임신을 했지만 팀원들은 자기 일처럼 축하해 줬다.

11 미드타운 맨해튼을 줄여 말하는 것으로 맨해튼의 지리상 중심지역을 말한다.
12 맨해튼을 남북으로 관통하는 브로드웨이와 4번가가 만나는 곳에 위치한 공원으로 다양한 아티스트들의 공연과 집회 그리고 파머스 마켓 등이 열린다.

무엇보다도 첫 일터에서 쫓겨났던 만큼, 여기서는 이를 악물고 열심히 일했다. 시니어 디자이너들이 퇴근하기 전에는 퇴근하지 않았으며, 상사들이 필요로 하는 건 말이 떨어지기 무섭게 바로 처리했다. 물론 힘들지 않은 건 아니었다. 대학원을 나왔지만, 영어를 95퍼센트 정도 알아듣고 5퍼센트 정도는 놓치는 경우가 허다했다. 그 간극을 메우기 위해 하루 종일 두 귀를 쫑긋 세우고 긴장하고 있어야 했다. 너무 힘들 때는 자기 최면을 걸기도 했다. 이 회사는 내가 영어를 배우기 위해 만든 가상현실이고, 여기 있는 사람들은 모두 내가 채용한 사람들이다, 라고.

그렇게 열심히 몇 년을 일했다. 우리 팀만 해도 주니어 디자이너가 네 명이었는데, 나보다 먼저 들어온 유진Eugene[13] 출신의 심성 착한 줄리, 나랑 같은 학교를 졸업하고 내내 붙어 다니던 프랭크도 있었다. 그중에서도 영어가 모국어가 아니었던 내가 제일 먼저 중간 레벨 디자이너로 승진했다. 게다가 회사를 옮기지 않는다면 연차가 쌓인다 하더라도, 연봉 자체가 1,000-2,000불 정도 오르는 수준인 미국 디자인 회사에서, 드물게도 만 불을 파격적으로 올려 받았다.

아메리칸드림이라는 말이 있다. 실제로 내 주위에도 맨손으로 미국에 와서 꽤 재산을 일군 분들이 많다. 아메리칸드림까지는 아니어도 나도 노력한 만큼 성과를 거두었다. 환상에서 그치지 않고 의지가 있다면 어느 정도 결실을 볼 수 있는 곳이 미국이라는 나라 같다. 결코 쉽지 않았던 타국에

13 포틀랜드가 속해 있는 서부 오리건주의 도시.

서의 유학 생활과 직장 생활 동안, 그렇게 나는 주위의 많은 도움을 받으며 우여곡절 속에서 한 걸음 한 걸음 성장해 나갔다.

예상치 못했던
이별,
그 슬픔을 딛기 위해

많은 분들이 내가 빈티지 사업을 어떻게 시작하게 되었는지 궁금해한다. 그 계기를 이야기하려면 먼저 남편과의 만남으로 거슬러 올라가야 한다. 남편인 보람과 나는 가구가 만들어진 기술적인 메커니즘보다 그 의자를 만들게 된 디자이너의 이야기를 더 좋아한다. 우리의 결혼식 주제는 스토리Story, 즉 이야기였다. 보람과 나는 GU의 파트너이자 얼마 전까지는 유일한 직원이었다. 여느 부부가 그렇겠지만 죽이고 싶을 정도로 미운 적도, 아이들만 아니라면 확 헤어지고 싶은 적도 많았다. 그럼에도, 인생에서 가장 오랜 시간을 함께한 우리는 좋은 사업 파트너이다. 싸울 때는 바닥을 보이면서까지 서로를 물고 뜯지만, 그래도 서로가 있었기에 조금은 나은 인간이 되어가고 있다고 믿는다. 그런 우리의 이야기를 해 볼까 한다.

우리는 브루클린에 아담하게 자리 잡은 프랫 인스티튜트가 위치한 클린턴 힐 지역의 지하철역에서 처음 만났다. 각기 대학원생과 학부생으로 학교를 다녔던 우리는 학교 규모가 크지 않았는데도 서로의 존재를 잘 모르고 있었다. 나이 차가 있는 데다 관심사가 달라 서로의 레이더망에 들어오지 않았던 것이다. 2004년 우리가 처음 만났을 때, 보람은 영화 전공으로 대학교를 졸업하고 맨해튼의 한 포스트 프로덕션Post Production[14]에서 주니어 에디터로 일하고 있었다. 그리고 나는 석사 논문 한 학기만을 남겨 둔 채 이제 막 인턴으로 채용되어 맨해튼으로 일주일에 두 번 출근하고 있었다.

14 영상이나 음반의 후반 작업을 하는 업체.

우리가 살고 있던 학교 근처에는 맨해튼으로 가는 직통 지하철 라인이 없어 L트레인으로 갈아타야 했다. 그런데 L트레인까지 가기 위해 배차 간격이 꽤 긴 유일한 지하철 노선인 G트레인을 타야 했다. 때문에 맨해튼으로 출근하는 사람들은 그 노선에서 자연스럽게 만날 수밖에 없었다. 나와 보람 역시 그 노선을 함께 타고 출근했다. 나는 아담한 체구에 아직도 소년티를 벗지 못한 스물 초반의 앳된 보람이 아침마다 어디를 가는지 궁금했었다. 보람도 폴 프랭크 원숭이가 커다랗게 그려진 티셔츠를 입고 맨해튼으로 출근하는 나에게 호감을 가지고 있었다고 한다. 그렇게 몇 달을 지하철에서 스쳐 지나갔다.

그러던 어느 날 밤 룸메이트 언니와 맨해튼에서 늦게까지 시간을 보내다가 G트레인을 타고 들어오는데 보람과 마주쳐 인사를 하게 되었다. 보람을 보고 룸메이트 언니가 반갑게 인사를 한 것이다.

"보람! 왜 이렇게 늦게 다녀?"
"회사가 늦게 끝났어요. 잘 지내시죠?"

알고 보니 보람의 전 여자 친구와 나의 룸메이트 언니가 친하게 지내던 사이였던 모양이다. 워낙 작은 학교였고, 그 속에서 또 한국인들은 작은 집단이었기 때문에 지금 생각해 보면 한 다리 건너 안다는 사실이 놀랍지도 않지만, 그때만 해도 신기했다. 그렇게 말을 트게 된 우리는 그 후에

4

도 출퇴근 시간에 종종 마주쳤다. 해맑은 미소가 예뻤던 남편에게 어느 날 영화를 보자고 내가 먼저 제안했다. 나도 남편도 그전에 만났던 각자의 남자 친구, 여자 친구와 헤어진 때라 외로운 솔로 생활을 하고 있었다. 쑥스러워 룸메이트 언니에게도 같이 영화를 보러 가자고 제안했지만, 눈치 빠른 언니는 핑곗거리를 만들어 자리를 피해 주었다.

당시 나는 왕가위 감독의 영화를 좋아해 부산영화제 폐막식까지 쫓아다닐 정도로 팬이었는데 마침 왕가위 감독의 영화를 뉴욕의 한 독립 극장에서 상영하고 있었다. 남편은 영화과를 다니면서 아시아 감독들에게 매력을 느끼기 시작했던 터라, 나는 잘됐다 싶은 마음에 왕가위 감독의 영화를 보자고 제안했다. 우리가 첫 데이트 영화로 선택했던 건 〈Days of Being Wild〉. 한국에서는 '아비정전'이라는 제목으로 개봉했다.

그 당시 남편의 한국말은 어눌했고, 대학원 졸업을 앞둔 내 영어 실력도 그리 신통치 않았다. 그렇게 완전히 소통이 되지 않으면서도 참 말이 잘 통하는 사람이라는 걸 첫 데이트에서 느꼈다. 그 때문인지 영화를 보고 나온 후 그 당시 젊은이들이 좋아하던 이스트빌리지East Village와 웨스트빌리지West Village를 넘나들며 저녁을 먹고 3차로 커피숍과 4차로 바, 그리고 또 다른 커피숍 그렇게 5차까지 갔다. 그리고 새벽 두세 시가 다 되어서야 브루클린으로 돌아와 헤어지기를 아쉬워하면서 같은 건물에 있던 각자의 아파트로 돌아갔다.

나는 좋아하는 이가 생기면, 기다리지 않고 내가 먼저 사귀자고 하는 편이다. 밀고 당기는 걸 워낙 싫어하고, 끙끙거리면서 수동적으로 기다리기보다 행동하자 주의이다. 그래서 먼저 데이트 신청을 하고 사귀게 되었다. 하지만 나중에 알고 보니 보람이 나를 몇 달 전부터 맘에 두고 있었고 일부러 출퇴근 시간을 맞추어서 주위를 맴돌았다고 한다. 그의 수법에 당한지도 모르고 내가 먼저 프러포즈했다고 착각하고 있었다니. 지금 생각하면 조금 분하다.

나보다 네 살 어린 남편은 여섯 살에 미국으로 이민 온 재미교포로, 여러 가지 면에서 나와 달랐다. 남편은 사람들과 어울리기를 좋아하고 패션에 관심이 많으며 클럽에 가는 걸 좋아하는 등 외향적이고 활동적인 성격이다. 반면 나는 혼자 있는 시간이 절대적으로 필요하고, 여러 명을 동시에 만나기보다 소수의 친구들을 만나 속 깊은 이야기를 하는 편을 좋아했다. 게다가 트렌드에 크게 민감하지 않으며 패션엔 별로 관심이 없고 그저 편하게 입으면 다라는 주의.

영화나 미술에 대한 공통 관심사가 우리를 연결해 주었다면, 서로의 다른 면모들이 더 깊은 관계로 발전하게 하는 매력으로 다가왔다. 우리는 다른 점이 많았지만 안정되고 평범한 삶보다는 롤러코스터 같아도 남들이 가지 않은 길을 개척하면서 사는 걸 즐긴다는 점이 같았다. 영화를 매개로 우리는 금세 가까워졌고, 이미 같은 빌딩에 살고 있었기 때문에 그 후론 줄곧 붙어 다녔다. 개방적인 분위기 때문일 수도 있지만, 월세가 비싸기로 유명한 뉴욕에서 커플이 동거를 하는 비율은 세계 어느 도시보다 월등히 높다고 한다. 우리도 그렇게 데이트한 지 일 년 후 동거를 시작했고, 동거 시작 일 년 후 결혼했다.

보람과 데이트를 시작한 다음 해인 2005년은 개인적으로 정말 많은 일을 겪은 해였다. 앞에서 이야기했듯이 대학원을 한 학기 늦게 졸업하고, 인턴을 하고 있던 회사에 정식으로 풀타임으로 취직해 다니다 정리해고를 당했다. 보람과 사귀는 그 일 년 동안, 우리는 극도로 다른 성격 때문에 헤어질 지경까지 갔다가 다시 만나기를 반복했다. 그리고 결국 각각 같은 건물의 2층과 5층에서 살다가 한 아파트에서 합쳐서 살게 되었다. 정리해고를 당한 후 다시 취직하기까지 삼 개월 정도 공백이 있었는데, 나는 이미 졸업한 후라 집에서 원조가 끊긴 상태였다. 어쩔 수 없이 보람의 월급에 기대어 살아야 했다. 이때 한국에 있던 친오빠가 결혼을 했는데, 나는 어느 회사에서도 비자 지원을 받지 못해 한국에 가지 못했다. 또다시 어쩔 수 없는 상황 때문에 가족의 큰 행사에 참석 못한 것이다.

그 후 내가 다시 퍼킨스 앤 윌에 취직하고 안정권에 들어서자 이제는 보람이 회사를 그만둔다고 했다. 시나리오를 쓰고 싶다고. 말 나오기가 무섭게 그해 겨울 보람이 회사를 그만두었다. 그리고 월세에 보태기 위해 시부모님이 펜실베이니아의 교외에서 하시던 중고 숍에서 빈티지 가구들과 잡동사니들을 가지고 와 플리마켓에서 판매하기 시작했다.

그 아이디어는 첼시 플리마켓Chelsea Flea Market을 보았을 때 떠올랐다. 지금은 고층 아파트가 들어선 뉴욕 첼시의 6번가와 7번가 사이, 23가가 교차하는 곳에 있던 공터에서 첼시 플리마켓이 열렸다. 우리는 우연히 몇 달 전 이곳을 지나쳤었고, 큰 기대 없이 1불의 입장료를 주고 들어갔었다. 하지만 생각보다 구경하는 재미가 있었고 괜찮은 물건들도 많았다. 보람이 시나리오를 쓰기 위해 회사를 그만두었을 때 시부모님의 가게가 생각났고, 얼마 전 가본 그곳에서 물건을 팔아보면 어떨까라는 생각이 들었던 것이다.

보람은 주중에는 풀타임으로 시나리오를 쓰다가, 금요일이 되면 시댁이 있는 펜실베이니아로 내려가 밴 한가득 판매용 물건들을 실어 왔다. 내가 다니던 회사는 그때까지 은행이나 보험사가 많은 맨해튼의 미드타운 파크 애비뉴Park avenue에 위치해 있었다. 그렇게 해서 나는 평일에는 정장을 입고 소위 양복쟁이들이 가득한 곳에서 일하다가, 주말이 되면 토요일 새벽부터는 시장통 장사꾼으로 변하는 이중생활을 시작했다. 플리마켓 일은 힘들기는 했지만 무척 재미있었다. 제도의 테두리 안에서 살고 일했던 우리는 그 틀을 벗어난 다양한 사람들을 만날 수 있었다. 그리고 어렴풋이 장사란 이렇게 하는 거구나 하는 걸 경험했다.

허름한 옷차림에 무언가를 살 것 같아 보이지도 않던 청년 하나가 그 당시 우리가 가지고 있던 아이템 중 제일 비쌌던 그림을 현금 2,000불을 주고 사간 일도 있었다. 또 디자인 회사에 다니고 있던 학교 선배가 영감을 얻고 싶어 플리마켓을 찾는 바람에 우연히 만나기도 했다. 하이디 클룸Heidi Klum 같은 당시의 톱모델들이 그곳에서 촬영을 하기도 했는데, 연예인한테 별 흥미도 없는데 그들이 와서 물건만 흐트러트린다고 불평하던 딜러들의 모습도 기억 난다. 그렇게 우리는 주말에는 플리마켓을 운영하고 주중에는 보람은 시나리오를 쓰고 나는 새로운 회사에 적응하면서 2005년을 보냈다.

2006년은 여러모로 좋은 일들이 많이 일어난 해였다. 우리는 일 년의 데이트 그리고 일 년의 동거 끝에 결혼을 하기로 했다. 결혼 전 나는 안정적인 직업이 없는 남자를 결혼 상대로 집에 소개해야 한다는 데에 부담감을 느꼈다. 그래서 보람에게 다니던 영상 편집 회사에 돌아갈 것을 종용했다. 다행히 더 많은 월급을 받으면서 보람은 전 직장에서 일할 수 있었다. 창의적으로 살고 싶은 미래의 꿈은 보류했지만, 우리는 둘 다 제법 괜찮은 직장에서 안정적으로 일하며 비교적 여유로운 뉴욕 생활을 누릴 수 있었다.

보람은 시나리오를 쓰고 보내는 과정을 반복하다 점차 영화 일을 어느 정도 포기했다. 그 대신 열심히 비디오 작업을 하면서 여러 가지 루트를 통해 작업물을 선보였다. 그런 노력에 대한 결실로 유럽의 여러 나라에서 그룹전에 초대되기도 하고, 이탈리아의 한 현대미술관에서 회고전을 하기도 했다. 나는 나대로 회사에서 인정받아 주니어에서 중간 레벨 디자이너로 승진하고, 중요한 여러 프로젝트에 참여하고 있었다.

그렇게 행복한 나날들을 보내다 우리는 11월에 결혼을 하기로 날을 잡았다. 그간 아버지를 돌보느라 막내딸이 있는 미국에 한번 올 여유가 없었던 어머니와 언니가 결혼식에 오기로 해서 난 연초부터 엄청 들떠 있었다. 그런데 그해 어느 봄날 강아지들을 데리고 산책하러 나갔는데 언니한테 전화가 왔다. 사실 이 년 전 언니는 큰 조카를 낳았고, 그때 유방암 진단을 받았었다. 유방 절제 수술을 하고 회복했고 무리만 하지 않으면 괜찮다고 했었다. 그런데 암이 재발했다는 청천벽력 같은 소식이었다. 천사 같은 언니한테 왜 이런 모진 일이 일어나야 하는지 이해가 가지 않았다. 산책을 나갔다가 울고 들어오는 나를 보고 보람은 의아해하기만 했다. 반려견 파코도 걱정된다는 듯한 표정으로 주위를 맴돌았다. 언니의 상태가 좋아지기만을 빌며 우리 둘은 열심히 생활했고, 반 년이 지나갔다. 하지만 결혼 날짜가 얼마 남지 않았을 때 언니는 항암 치료 때문에 비행기를 타지 못한다는 소식을 전했다.

결국 언니를 볼 겸, 그리고 한국에서 엄마를 모시고 오기 위해 내가 한국으로 들어갔다. 언니는 나를 기쁘게 반겨 주었지만 항암 치료와 사투를 벌이고 있는 언니의 모습은 너무나 안쓰러웠다. 짧았던 한국 일정의 대부분 시간을 언니와 형부 그리고 조카와 보냈다. 항암치료의 부작용으로 그 예쁘던 언니의 얼굴은 퉁퉁 부어 있었고, 나는 언니의 과천 아파트 현관 앞에서 떨어지지 않는 발걸음을 옮겨야만 했다. 예감이 좋지 않았지만 나는 그게 우리의 마지막 만남일 거라고는 결코 생각지 못했다.

엄마를 모시고 미국으로 돌아와서, 결혼식 준비를 마무리했다. 지금 우리의 인생을 예견이나 한 듯이 맨해튼 미드타운 건너편에 있는 롱아일랜드시티Long Island City[15]의 한 공장 건물에서 결혼식을 했다. 지금은 미국 드라마에 나오면서 유명세를 타 장소 대여비가 많이 비싸졌지만, 그 당시에는 적은 결혼 준비금으로 뉴욕시에서 찾을 수 있는 몇 안 되는 선택지 중 하나였다. 오래된 산업 시대 건물을 수리해 막 대여해주기 시작했던 공간이라 건물 외에는 아무것도 없었다. 조명, 식탁 등 모든 것을 친구들과 가족들의 도움을 받아 제작하거나 빌렸다.

높은 층고 그리고 백 년이 넘은 벽돌 건물과 건물을 반쯤 감싸고 있는 식물, 무엇보다도 가족들과 친구들의 정성 어린 손길로 탄생한 공간은 더할 나위 없이 훌륭했다. 또 우리가 서로의 고향이 아닌 뉴욕시에서 결혼을 했기 때문에 좋았던 점이 있었다. 부모님들이 축의금을 뿌린 것에 대한 품앗이로 사람들이 우르르 몰려와 식사만 하고 가는 분위

15 뉴욕 퀸스에 위치한 지구.

기가 아니라, 우리를 축하해 주고 싶은 가까운 친척들과 친구들이 모여 정말 축제 같은 분위기였다. 이때만 해도 평생한 번 있을 결혼식을 될 수 있는 한 성대히 하려는 문화는 한국이나 미국이나 마찬가지였다.

결혼식에 오지 못한 언니와 아버지를 대신해 오빠가 미국에 와서 아버지 역할을 해 주었다. 비록 언니는 오지 못했지만, 그 당시 유행하던 싸이월드를 통해 우리가 올린 사진들을 보고 그 기쁨을 나누었다. 결혼식이 끝난 후 오빠는 먼저 한국으로 돌아갔다. 우리는 신혼여행을 미루고 엄마와 같이 나이아가라폭포로 여행을 다녀왔다. 언니가 안쓰러웠지만, 한국에서 아픈 가족 둘을 돌보느라 많이 지치고 힘들었을 엄마가 조금이나마 쉬고 가셨으면 하는 마음에서였다.

엄마까지 한국에 돌아 가시고 우리는 다시 브루클린의 아파트에서 맨해튼에 있는 각자의 회사로 출근하는 일상으로 돌아갔다. 서로가 퇴근할 때까지 서점에서 책을 보거나, 그때 키우고 있던 반려견의 음식이나 장난감 등을 사면서 기다렸다. 보람이 다니던 회사는 플랫 아이언Flat iron 빌딩 바로 아래쪽에 위치한 그래머시Gramercy 지역에 있었다. 내가 다니던 회사가 위치한 유니언스퀘어와 걸어서 오 분 거리도 안 되는 곳에 있었다. 뉴욕시에서 가장 자유로우면서도 세련된 곳에서 일하며 뉴욕 공기를 마음껏 즐기던, 그야말로 자유롭고 좋은 시절이었다.

하지만 행복한 일상 속에서도, 마음 한편에는 계속 언니의 병후에 대한 불안감이 자리 잡고 있었다. 나 역시 책이나 기사 등에서 암 관련 정보를 찾아보았지만, 희망적인 길을 찾을 수 없었다. 그러던 중 임신 사실을 알게 되었다. 큰아이한테는 미안하지만 그때 나는 무척이나 당황하고 화가 나 있었다. 얼마나 힘들게 여기까지 왔던가. 외국에 나와 전공을 바꾸고, 아픈 식구들을 모른 척하면서 억척같이 미국 생활을 이어 나가 겨우 내 힘으로 독립한 상황인데……. 이제 막 내 앞가림을 하게 되었는데, 나의 언니는 지금 생사의 갈림길에서 힘들게 투병하고 있는데, 아이라니! 당시 내 계획에는 아이라는 옵션이 없었다. 무엇보다 30대 후반이나 40대 초반쯤 어느 정도 자리를 잡는 위치가 아니면 아이를 낳을 생각도 못하는 뉴욕의 커리어 우먼들 사이에서, 임신 사실을 알리는 것 자체가 두려웠다.

그러나 시간이 지나면서 나는 내 몸 안의 귀한 생명체를 감사히 받아들였다. 각자의 회사에서도 20대 꼬맹이들의 임신 소식이 신선했던지 진심으로 축하해 주는 분위기였다. 재미있었던 건 내가 임신 사실을 알리고 난 후 얼마 안 지나서부터 우리 회사의 많은 여자 직원들이 줄줄이 임신을 했다는 것이다. 여자 직원들의 임신 사실이 달가울 리 없는 인사 담당 이바가 엘리베이터에서 나와 마주치자 조금은 까칠하게 "다들 임신이 되는 우물물이라도 마신 모양이야."라며 농담을 건넸다. 나는 "왜 아니겠어."라고 대꾸하고 말았다.

워커홀릭이 넘쳐나는 뉴욕이라는 특성과 인테리어 직군의 특성이 합쳐지면서, 한국에 비해 근무 여건이 좋다는 미국 회사였음에도 나는 임신 중에도 야근을 해야 했다. 아니, 내가 오히려 일을 찾아서 했던 것 같다. 언니에 대한 걱정 그리고 아이와 우리 미래에 대한 걱정에서 도피하기 위해 일에 미친 듯이 몰두한 것이다. 싸이월드에 임신 사실을 올리자, 아직 어린 막내인 줄 알았는데 아기를 가진 것이 너무 기쁘다는 언니의 축하 메시지가 도착했다. 병세가 안좋아지는지 점점 언니와 통화하기가 힘들어졌고, 가족들도 내가 임신을 했다는 걸 안 후부터는 언니의 병세나 집안 상황에 대한 말을 줄였다. 그래서 가족들과 소통할 수 있는 SNS 댓글 하나하나가 너무나 소중했다.

그러던 중 2007년 봄날 밤, 오빠에게 국제전화가 걸려왔다. 언니 상태가 많이 안 좋다며 언니와 통화해보라고 했다. 올 것이 왔구나. 생각보다 밝은 목소리로 잘 지내고 있느냐며 안부를 묻는 언니의 목소리에 나는 조금만 참으라고, 우리 곧 만나자고 말했던 것 같다. 그게 우리의 마지막 통화였다. 전화를 끊고 곧 언니는 임종을 맞았다. 하지만 엄마는 임신 오 개월을 지나고 있던 내게는 그 사실을 바로 알리지 않았다. 내가 나중에 언니의 죽음을 알고 어떻게 된 거냐고 오빠를 다그치자, 오빠가 엄마를 바꿔 주었다. 엄마는 언니가 너무 아파하고 힘들어해 하느님한테 데려가 달라고 기도했다고 말씀하셨다. 자식들 중에서도 당신을 가장 이해해 주던 가장 사랑했던 딸. 그런 딸을 먼저 떠나보낸 상처와 상실감은 내가 아무리 이해하려고 해도 할 수 없을 것이다. 두 아이의 엄마가 된 지금도 나는 감히 엄마의 그때 그 마음을 헤아리지 못한다.

그때 엄마는 내게 절대 한국으로 오지 말라고 했다. 오 개월 아이를 품은 임신부가 가장 사랑하는 혈육의 임종 소식을 듣고 제정신이 아닌 상태에서 열네 시간의 비행을 하는 일은 아기에게나 임신부에게나 위험한 일이었다. 그러나 나는 그렇게 있을 수가 없었다. 통화는 했지만 언니의 임종을 보지도 못했는데, 그대로 보낼 수는 없었다. 적어도 장례식에는 꼭 참여하고 싶었다. 가족들과 함께하고 싶다는 마음에 잠을 잘 수 없었다. 밤을 꼬박 새우면서 미친 듯이 가장 빨리 한국에 갈 수 있는 비행기 표를 예약했다.

나와 보람은 각자 회사에 급하게 메시지를 보내고 한국행 비행기에 올랐다. 어떻게 공항까지 갔는지, 비행기에서 뭘 했는지 전혀 기억이 없다. 공항에서 바로 장례식장으로 갔다. 장례식장에 들어서자마자 언니의 가장 친했던 친구 정선이 언니가 나를 맞았다. 정선 언니는 나를 보자마자, "어머나 혜주 맨발로 왔구나." 하면서 바로 나가 장례식장 근처 문구점에서 양말을 사다 주었다. 정선 언니는 십 년이 훨씬 넘은 지금도 기일에는 어김없이 흑석동 성당에 안치되어 있는 언니의 납골당을 찾아온다. 뉴욕에서 한국까지 지구 반 바퀴를 양말도 신지 못하고 온 친구의 동생을 살뜰히 챙겨 주던 언니에게 감사한 마음을 전하고 싶다.

평소 인기가 많았던 언니의 친구들이 장례식에 많이 와 주었다. 언니의 병을 알고 있는 사람들도 있었고, 갑작스러운 비보에 형부의 가슴을 두들기며 왜 미리 알려 주지 않았느냐고 탓하는 사람들도 있었다. 언니는 자신의 병에 대해 솔직하지 못했다. 그래서 친구들의 슬픔과 위로, 실망 그리고 비난이 교차하는 가운데 장례식이 치러졌다. 엄마는 내가 도착하자마자 "혜주 왔니." 하고 짧게 말씀하셨고, 내가 울지 못하게 했다. 그게 엄마한테는 미덕이었고, 엄마도 슬픔을 추슬러야 했기 때문에 우리 가족들은 속으로 슬픔을 삼켜야 했다. 혼자된 형부가 애잔했고, 상황을 알 리 없는 만세 살이 지난 조카가 안쓰러웠다. 아이들과 유난히 잘 지내는 보람이 조카를 목말을 태워주며 라이언킹 노래를 불러줬다. 나는 소식을 듣고 찾아온 내 친구들과 이야기하다 지쳐 장례식장 쪽방에서 조카를 안고 잠들었다.

가족과 함께 별말 없이 며칠을 그렇게 지내다가 나는 다시나의 현실이 있는 뉴욕으로 돌아왔다. 이번에도 경민 오빠의 도움으로 회사 사람들에게 언니의 부고 소식을 알렸고, 회사 사람들은 언니와 내 이름으로 유방암협회에 기부를 해 주었다. 그리고 여러모로 나에게 잘해 주었던 상사 캐럴린의 배려로 한국에 일주일 정도 다녀오고 나서도 일주일정도 애도하는 기간을 가진 후 회사로 복귀했다. 이때 돌아갈 직장이 있었기 때문에 그리고 지켜야 할 아기가 배 속에 있었기 때문에 나는 커다란 상실감과 향수병에서 어느 정도 헤어 나올 수 있었던 것 같다. 하지만 감정을 제때 터트리지 못하고 가둬 둔 결과, 결국 시간이 지나면서 크게 터져버렸다.

당시 한 달 정도 잠을 못 이루어 묵주 기도를 하면서 버티었다. 기도서를 가지고 있지 않아, 인터넷에서 찾아서 묵주 기도문을 직접 손으로 적었고 매일 밤 몇십 번이나 기도를 반복하다 새벽녘에야 겨우 잠들었다. 그만큼 상실감을 견디기 힘들었다. 간간이 언니가 꿈에 나오기도 했다. 결혼식에 못 온 것을 미안해하면서 화사한 모습으로 나를 위한 파티를 해 줬다. 언니의 아들, 첫 조카 수민이가 화장실에서 언니를 봤다며 무섭다고 했다는 소리도 들었다. 에단 호크가 주연했던 〈비포 선라이즈〉에서 에단 호크와 줄리 델피의 기차 속 대화 중에도 이런 이야기가 나온다. 에단 호크가 어릴 적 죽은 친척을 봤는데, 그 이야기를 어른들에게 하자 아무도 믿지 않았다는 것. 나는 실제로 언니가 아직 그 집에 머물고 있다가 조카에게 보였다고 믿는다.

그렇게 힘들게 언니를 보내고, 나는 정신을 차려 첫아이 맞을 준비를 했다. 출산예정일과 그때 맡고 있던 존스 홉킨스 종합병원의 컨스트럭션 드로잉 세트Construction Drawing Set[16] 마감이 맞물려 출산휴가를 가기 전날까지도 자정까지 일했던 기억이 있다. 나는 출산 후 아이랑 조금이라도 더 오랜 시간을 보내고 싶어 배가 터질 듯 부른 상황에서도 출산휴가에 들어가지 않았다. 그리고 아기가 태어나기 며칠 전 산후조리를 해 주시려고 엄마가 오셨다. 엄마도 언니를 떠

16 공사를 할 수 있게 디테일까지 자세하게 그린 도면 세트.

나 보낸 지 얼마 안 되어 제정신이 아니었다. 하지만 그렇기 때문에 뭔가 집중할 대상이 필요했다. 엄마는 나와 곧 태어날 아이에게 더 집착했다. 나도 안쓰러운 엄마에게 마음의 자리를 주려고 노력했다. 그러나 아직은 어린 20대 중반에다 다른 문화권에서 자란 보람이 엄마의 상황을 충분히 이해하기는 쉽지 않았다. 결국 아기를 낳은 순간부터 두 사람의 보이지 않는 싸움이 시작되었다.

첫아이 필이는 건강하게 태어났다. 하지만 유도분만제를 맞고 나서 격렬하게 움직인 나머지 탯줄이 목에 감겼고, 이미 아이의 머리가 보이는 상황에서 나와 아이의 혈압이 급격히 떨어졌다. 결국 응급 제왕절개를 했다. 수술 사인이 떨어지자마자 갑자기 들이닥친 의사들과 간호사들이 나를 수술실로 데리고 갔고, 일사천리로 아기를 꺼냈다. 뒤늦게 수술실로 보람이 들어왔지만, 아이는 보람이 아닌 밖에서 대기하고 있던 친정어머니 품에 먼저 안겼다.

남편은 출산 몇 주 전부터 회사 근처 마운트 시나이Mount Sinai 병원에서 나와 함께 라마즈 호흡법 등 출산 교육을 받고 잔뜩 기대하고 있었다. 하지만 갑작스러운 한국 장모의 등장, 그리고 한국 부모님 특유의 '내가 키워 봐서 더 잘 알아'라는 생각 때문에 힘들어했다. 특히나 아무렇게나 물건들을 어질러 놓는 나와는 달리 매우 깔끔한 엄마와 보람은 성향이 비슷해 거실과 침실 한 칸이 다인 작은 공간에서 거의 매번 부딪쳤다. 그 사이에서 조율하는 일이 얼마나 힘들었던지, 나는 그 힘들다는 제왕절개 후 산후조리와 한 달간의 모유 수유가 오히려 쉽게 느껴질 정도였다.

아이를 낳고도 우리는 꽤 오랫동안 회사를 다녔다. 하지만 나는 언니를 그렇게 보내고 나서는 두 번 다시 식구들의 임종을 놓치지 않겠다는 결심을 했다. 비자 문제와 회사 문제 등으로 이미 가족들의 중요한 행사들을 많이 놓친 후였기 때문에 그 결심은 단호했다. 내 앞가림 때문에 언니의 결혼식, 오빠의 결혼식, 그리고 언니의 임종을 놓쳐 버렸다. 부모님의 임종은 그 어느 것과도 바꾸고 싶지 않았다.

큰아이 필이를 임신 중이었을 때 보람의 친구 결혼식에 가는 길에 그런 이야기를 처음으로 꺼냈다. 나는 적어도 가족들에게 큰일이 있을 때 쉽게 갈 수 있게 무역업을 하고 싶다고. 회사를 다니면 아무래도 내 시간을 자유롭게 쓰는 게 불가능하다. 그렇다고 개인적인 일 때문에 번번이 업무를 뒤로 미루는 것은 무책임한 행동이었고 스스로도 용납되지 않았다. 결국 남들에게 피해를 주지 않고, 일 때문이라도 쉽게 한국을 오갈 수 있는 무역업자가 내가 생각할 수 있는 최선의 직업이었다. 내 결심에 보람은 무척이나 화를 냈다. 네 목표를 이루기 위해 힘들게 여기까지 왔는데 갑자기 인생의 진로를 바꾸겠다는 거냐며.

물론 빈티지 가구를 모으고 판매하는 일은 단순히 일반 공산품을 국제적으로 유통하는 일과는 완전히 차원이 다르다. 하지만 나 나름대로 내 직업과 취향, 그리고 관심 분야를 벗어나지 않는 범위에서 선택한 일이었다. 그렇게 평생의 한이 되는 사건을 계기로 나는 내 직업의 방향을 새로이 잡았다. 지극히 개인적인 일이라 왜 이런 이야기를 세세히 하는지 의아해하시는 분들도 계실지 모른다. 하지만 가족의 비극이 없었더라면, 나는 GUVS라는 사업과는 전혀 관계 없이, 지금도 뉴욕에서 한 회사의 시니어 디자이너로 일하고 있을 확률이 더 크지 않을까. 결국 GUVS를 한국에서 운영하게 된 건 가족과 중요한 시간들을 함께하고 싶다는 게 가장 큰 동기였다.

BERTOIA

Goldmine Unlimited,
끊임없이
보물을
찾을 수 있는 곳

첫아이를 낳고서 좀 더 생활환경이 좋은 뉴저지로 이사를 갈까 알아보았다. 그러나 학생 때부터 살던 브루클린 로프트 아파트먼트Loft Apartment[17]가 가격 면에서 조건이 월등히 좋았고, 또 뉴저지보다 통근하기가 훨씬 수월했기 때문에 머무르기로 결정했다. 부모님과 육아를 도와줄 친구들이 없는 미국에서의 독박 육아는 정말 표현할 수 없을 정도로 힘들었다. 외국에서 이방인으로 살아가는 게 어떤 환경에서든 어렵겠지만, 특히나 아이와 함께하는 외국 생활은 지금까지의 내 삶에서는 전혀 상상할 수 없었던 전혀 다른 영역이었다. 그전에는 몇 가지 기술만 습득하면 완벽하게는 아니더라도 물에 뜬 기름처럼 그럭저럭 살아갈 수도 있었다. 하지만 아이가 생긴 후로는 미국이라는 세계와의 더 깊은 상호 작용이 필요했다.

미국은 선진국이지만 은근히 복지가 꽝이라 출산휴가가 두 달여밖에 되지 않는다. 두 달 동안은 고용보험에서 월급의 80퍼센트 정도를 보조해 준다. 하지만 나는 어린 아들과 더 오랜 시간을 보내고 싶어 개인적으로 무급 출산휴가 사 개월을 요청해서 받았다. 그렇게 육 개월을 직접 키우고 나니, 심리적으로 지쳐 회사로 돌아가고 싶은 마음이 굴뚝같았다. 무엇보다 외벌이로 뉴욕에서 아기를 키우는 것이 너무 어려웠다. 머리를 짜 내 떠올린 생각이 주중에 펜실베이니아에 계시는 시부모님께 도움을 받는 것이었다.

우리는 아이를 서울에서 대전 거리쯤 되는 펜실베이니아

---

17 산업시대에 공장으로 만들어진 곳을 아파트로 개조한 곳. 따라서 개방감이 좋다. 맨해튼의 소호 등에서 주로 예술가들이 공장 건물을 개조해 아틀리에로 사용하면서 그런 구조들이 유명해졌다.

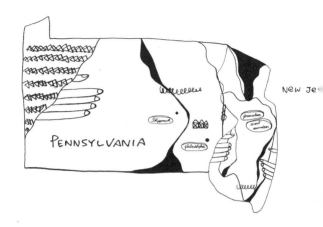

PENNSYLVANIA

NEW JE

PHILADELPHIA

의 시부모님께 맡겼다. 그리고 금요일 저녁마다 회사에서 바로 부모님 집으로 내려갔다. 주말 동안 펜실베이니아의 시댁에서 같이 시간을 보내다가 월요일 동이 트기 전 브루클린 아파트로 돌아왔다. 몸은 많이 힘들었지만 주말엔 아이에게 충실하고 주중에는 온전히 일에 집중할 수 있어서 좋았다. 그러나 주말에는 같이할 수 있지만, 온전히 아이가 커 가는 모습을 볼 수 없다는 점이 괴로웠다. 또 가게를 운영하고 계셨던 시부모님께도 더는 부담을 드리고 싶지 않았다. 일 욕심이 많았던 나보다 오히려 보람이 아이랑 떨어져 있는 걸 힘들어했다. 이미 육 개월간의 독박 육아를 통해 그 어려움을 잘 아는 나와는 달리 육아 경험이 없었던 남편은 겁도 없이 자기가 회사를 그만두고 아이를 키우겠다고 선언했다.

그렇게 보람이 회사를 다시 그만두고 아이를 보기 시작했다. 남편의 노력은 가상했지만, 솔직히 말하자면 난 이때 아이를 낳고 나서 가장 힘든 시기를 보내게 되었다. 남편은 의욕만 앞섰기 때문이다. 보람은 나름 진보적인 생각을 가진 재미교포였다. 하지만 그도 어쩔 수 없이 남자가 부엌에 들어오면 큰일 나는 줄 아는, 80년대에 박제된 생각을 가지고 있는 한국 부모들 밑에서 커 온 '한국' 남자였던 것이다. 나는 아침 여섯 시에 일어나 남편이 돌을 막 지난 아이와 하루를 날 수 있게 모든 준비를 해 놓고 회사에 출근했다. 젖병 소독과 하루치 이유식을 만들어 준 후 브루클린에서 맨해튼으로 가는 전철에 몸을 실었다.

나에게 호의적이었던 인테리어 팀 보스 캐럴린 덕분에 그나마 수월하게 회사 생활을 버티어 냈다. 그럼에도 불구하고 영어가 모국어가 아닌 외국인 노동자에게는 매사가 쉽지 않았다. 나는 시니어 디자이너, 혹은 클라이언트와의 미팅에서 말 토시 하나하나까지 놓치지 않으려고 온통 신경을 곤두세워야 했기에 퇴근할 즈음이면 완전히 녹초가 되어 버렸다. 그렇게 지친 하루를 보내고 맨해튼에서 브루클린 집으로 돌아오면 혼이 빠진 남편이 나를 기다리고 있었다. 육아를 머리로만 했지 실제로 얼마나 힘든지 상상도 못했을 남편은 그야말로 넋이 나가 있었다. 무엇보다 말도 제대로 통하지 않는 갓난아이와 하루 종일 있으면서 어른과의 소통을 절실해했다. 기다리고 기다리던 어른인 내가 회사에서 돌아왔지만, 나는 엄마가 그립던 아가에게 젖을 물리며 자기에 바빴고, 그는 그런 나를 보며 서운해했다.

그렇게 또 삼 개월이 지났다. 서서히 둘 다 이 생활에 지쳐 갔다. 외벌이로는 뉴욕에서 셋이 살아가는 게 많이 버겁기도 했다. 때마침 시댁 근처에 새로 생기는 아인슈타인 병원의 설계를 우리 회사가 맡았다. 꽤 규모가 큰 병원이라 필라델피아에 위성 오피스가 생겼다. 나는 이때가 기회다 싶어 발령 신청을 했다. 다행히 캐럴린이 인테리어 총괄을 맡고 있던 프로젝트라 필라델피아 팀으로 나를 보내 주었다. 그렇게 2008년 12월 우리는 뉴욕의 생활을 마감했다.

시댁에 잠깐 엎혀살면서 아이도 부모님께 맡기고, 그 틈에 남편도 일을 알아볼 계획이었다. 하지만 우리는 현실을 몰라도 너무나 몰랐다. 남편이 일하는 광고 영상 쪽 업계는 뉴욕이나 엘에이가 중심지라 필라델피아에서는 기회가 전무하다시피 했다. 거기에다가 병원이 지어질 곳은 시댁과 십오 분 거리였지만, 설계 사무실은 교통의 편의성 때문에 필라델피아에 두는 것으로 정해졌다. 결국 회사와 시댁은 생각보다 그리 가깝지 않았다. 시댁은 교외에서도 좀 떨어진 곳이고 자동차가 아닌 기차로 출퇴근해야 했기 때문에 출퇴근 시간만 세 시간가량이 걸렸다. 기차라도 놓치는 날이면 편도만 두 시간이 걸리기도 했다.

시댁은 방 네 개에 화장실이 세 개인 꽤 넓은 집이었다. 그렇지만, 이미 시동생네 내외와 조카가 같이 살고 있어 한 지붕 아래 세 식구가 살게 된 셈이었다. 처음부터 갈등은 맡아 놓은 셈이었다. 그걸 알면서도 아이를 맡길 수 있고, 보람이 취직할 때까지 당분간 돈을 좀 절약할 수 있을까 싶어 모른 척하고 들어갔던 것이 패착이었다. 갈등은 회사에 다니는 나보다 보람과 부모님 사이에 먼저 생겼다. 오히려 나는 참자고 남편을 설득하는 편이었다. 하지만 결국에는 나도 참을 수 없는 일이 터지고 말았다. 어느 날 퇴근하고 오니 보람이 내가 좀 게으른 게 아니냐는 시어머니 말씀에 화가 나 싸웠다고 하는 것이었다.

세상에나, 왕복 세 시간이 넘는 거리를 통근하는 외벌이 며느리에게 어떻게 그런 말을 하실 수 있을까. 아들이 나가서 일을 하고, 내가 집에서 좀 편하게 있었다면 그런 이야기를 하실 수 있었을까. 게다가 기차를 놓치지 않으려고 칼바람을 뚫고 뛰어다니다가 새로 찾아온 아이가 유산된 후라 그 서운함을 말로 할 수 없었다. 시어머니가 아무리 쿨하게 보여도, 아들이 집에서 애를 보고 부엌에 들락거리는 건 싫은 한국 시어머니였던 것이다. 나는 바로 회사에서 멀지 않은 곳에 아파트를 알아보았다. 필라델피아 외곽에 분위기가 괜찮은 공장 건물을 아파트로 고친 곳이 월세 100만 원 정도에 나와 있었다. 생각해 볼 것도 없이 얼마 안 되는 짐을 가지고 사 개월 만에 시댁에서 나왔다.

새로 이사 온 아파트는 필라델피아 뮤지엄에서 시작하는 켈리 드라이브Kelly Drive가 끝나는 지점에 있었다. 거기서 조금 강가를 따라 외곽으로 나가면 매니악Manyunk이라는 분위기 있는 강가 마을이 있다. 필라델피아에 정을 붙이려고 쉴 틈이 날 때마다 이곳저곳 우리와 취향이 맞을 것 같은 동네를 찾아보던 중 발견한 곳이었다. 매니악은 중심지에 비해 낙후되었지만, 젊은 에너지가 모여 특유의 분위기가 있었다. 피시타운Fishtown과 더불어 우리가 제일 좋아했던 동네로 강을 따라 자전거 도로가 잘되어 있고 중심지까지 연결되어 있었다. 오래전에는 섬유 공장 지대로 거기에서 일하던 노동자들이 살던 동네였는데, 술로도 유명해 로컬 브루어리도 있었다. 또 멀지 않은 곳에 대학교들이 몇 있어 저렴하게 나이트 라이프를 즐길 수 있는 호프들도 모여 있었다.

그 동네에는 이제 막 젠트리피케이션이 시작되어, 소위 힙스터 취향의 장소들과 그와 반대로 고급 레스토랑과 부티크 갤러리도 섞여 있었다. 화려하지는 않지만 작고 귀여운 빅토리안 스타일Victorian Style[18]의 건물과 저층 주택들이 언덕을 따라 줄지어 있었다. 강가로 잘 발달된 도로와 연결되어 있어, 동네 규모에 어울리지 않는 명품 로드 바이크 숍도 두 개나 있었다. 그리고 포스트모더니즘[19] 건축의 대가 로버트 벤트리Robert Venturi[20]의 건축 사무실이 있었고 프랑스의 하이엔드 가구 회사 리니로제Ligne Roset, 미국 중산층들이 좋아하는 포터리반Pottery Barn, 레스토레이션 하드웨어 Restoration Hardware 등의 가구회사들도 근처에 있었다. 안 어울리는 이런저런 것들이 뒤섞여 묘한 매력을 발산하는 동네였다.

그즈음 보람은 구직을 포기하고 아이를 보면서, 인터넷 홈페이지를 만들어 빈티지 가구와 소품을 판매하려고 했다. 그러다 그 동네에서 빈티지 가게를 하면 어떨까 생각하던 차에, 낡았지만 30평 정도의 꽤 넓은 빈 가게를 발견했다. 앞에서 열거한 건축 사무실과 가구 가게들이 멀지 않은 곳에 있어 딱이다 싶었다. 조건에 비해 가게 월세는 무척이나 저렴했다. 새로 이사 온 아파트와도 차로 오 분 거리여서 생각해 볼 것도 없이 계약했다.

우리의 첫 가게 이름은 Goldmine Unlimited. 끊임없이 보물을 찾을 수 있는 곳이라는 뜻으로 지금의 GU vintage Shop은 앞

18 영국 빅토리아 시대의 문화를 지배한 사상 또는 풍조.
19 모더니즘이 확립하여 놓은 도그마, 원리, 형식 따위에 대한 거부 및 반작용으로 일어난 예술 경향.
20 미국의 건축가. 필라델피아의 길드하우스 요양소, 프랭클린재판소 등을 건축했다.

의 Goldmine Unlimited에서 첫 자를 따 온 이름이다. 지유 빈티지라고 읽는데, 한국에서는 구 빈티지라고 많이 읽어 주셨다. 오랠 구久라는 의미가 우리와 잘 어울리는 것 같기도 해서 굳이 고치지 않고 같이 쓰고 있다.

경험도 없고 자본도 없어서 간판 만들기부터 페인트칠하기, 카펫 깔기 등을 친구의 도움을 받아 거의 대부분 우리 손으로 했다. 여러 가지로 어설펐지만, 주위에서 많은 관심을 가져 줬고 우리도 열정적이었다. 가구로만 판매 물품을 한정한 지금과는 달리 가구부터 자전거, 티셔츠, 그릇 등 없는 게 없어서 이베이 스토어냐고 물어보는 손님들도 있었다. 가게 뒤편으로 마이크로 갤러리라고 이름 붙인 아주 작은 전시 공간도 만들어 현지 학생들과 로컬 작가들의 전시도 열었다. 또 주말이면 가게 앞에 작은 테이블을 놓아 수공예품을 만들어 온 어린 친구들에게 미니 마켓도 열어 주곤 했다.

보람은 지역의 젊은 친구들 사이에서 꽤 인기인이 되어 지역 신문에서 인터뷰를 하기도 하고, 청년들의 멘토가 되어 주기도 했다. 큰아이는 시어머니의 가게와 보람의 가게에서 성장했다. 사실 데이스쿨Day School에 보냈는데 일주일 만에 한 달 치 비싼 스쿨비를 포기하고 아이를 집에 데려와야 했다. 등교한 지 일주일이 됐는데도 하루 종일 울며 선생님 품에서 떨어지지 않아 선생님도 아이도 많이 지친 상태였다. 어쩔 수 없이 아빠가 물건을 사러 가는 날엔 할머

니 가게에서 시간을 보내고, 아빠가 가게를 열었을 때는 거기서 시간을 같이 보냈다. 내가 퇴근을 한 저녁이나 주말에는 나와 시간을 보냈다.

소소한 빈티지 제품들을 판매하는 가게에서 큰돈을 벌지는 못했지만, 남편은 아이와 시간을 보낼 수 있고 지역의 젊은 친구들과 보내는 일상에 만족해했다. 큰 액수는 아니었지만 내 월급 외에 소득이 생겼기 때문에 뉴욕에서보다는 여유로운 삶이었다. 뉴욕보다 훨씬 월세가 저렴하면서도 수영장까지 딸려 있는 아파트, 조금만 나가면 나오는 강가. 자연환경과 삶의 조건도 더 좋아졌다.

환경은 나아졌지만 사실 나는 좀 많이 외로웠다. 무엇보다 회사 분위기가 뉴욕과는 확연히 달랐기 때문이다. 회사 규모도 열 명 정도로 한국 사람은 나 하나였다. 물론 유펜 University of Pennsylvania을 막 졸업한 대만 출신 주니어 건축가가 있었고, 내가 내려온 뒤 한 달 후쯤 뉴욕 오피스에서 내려온 미국 중부 출신의 중간 레벨 여자 건축가도 있었다. 모두 친절하고 똑똑했지만, 나와 통하는 부분은 없었다. 인테리어 파트는 나를 포함해 딱 세 명이었는데, 나머지 둘 모두 필라델피아에서 학교를 나오고 계속 이곳에서 일했던 토박이였다. 물론 그 친구들도 나한테 잘해 줬지만, 렙이라고 불리는 가구나 패브릭 회사의 영업사원들도 같은 학교 출신이라 나는 이래저래 겉돌 수밖에 없었다. 몇 번은 같이 점심을 먹었지만, 나는 점심시간만이라도 숨을 쉬고 싶어 혼자 필라델피아 시내를 방황하며 돌아다니기도 했다. 그렇게 내가 필라델피아에서 외로운 시간을 보내는 동안 뉴욕에서 같이 학교를 졸업하고 회사를 다니던 친구들은 하나둘씩 한국으로 귀국했다. 그때 불현듯 깨달았다. 내가 재미교포랑 결혼했다는 것이 어떠한 의미인지를.

'나는 이제 한국으로 돌아갈 수 없구나. 그리고 난 더 큰 사회로 온 게 아니라, 그냥 미국 한 도시의 작은 사회에 갇혀버렸구나.'

뉴욕에 사는 건 미국에 사는 게 아니라는 말을 많이 한다. 정말 맞는 말이라는 걸 그때 절실히 느꼈다. 길에서도 한국 사람들을 만나기가 어렵지 않고, 거의 모든 뉴욕의 보데가 Bodega[21]와 네일 숍은 한국인들이 운영한다. 또 맨해튼의 중심에 크진 않지만 한인 타운이 있어, 불편하지 않을 정도로 한국 문화를 즐길 수 있다. 뉴욕에는 정말 다양한 인종과 다양한 배경을 가진 사람들이 들어오고 나간다. 그래서 차별도 별로 없고 개방적이며, 아무리 이상한 차림을 하고 돌아다닌다고 해도 이슈가 되지 않는다. 코로나로 아시아인들이 혐오 범죄의 타깃이 되고 있다는 소식이 뉴욕에서 종종 들려 오지만, 그건 그만큼 많은 사람들이 뉴욕시에 살아가고 있고, 또 아시아 인종의 비율 또한 높기 때문이기도 하다.

매니악에서의 생활은 외롭긴 했지만, 비교적 여유롭게 아

---

21 스페인어로 식품 잡화점이라는 뜻으로 뉴욕 거리의 코너마다 위치한 편의점이다. 2차 대전이 끝난 후 미국에 정착한 히스패닉계 주민들이 열었던 구멍가게에서 따온 이름이다.

이를 볼 수 있었고 나름 우리 세 식구의 시간도 많이 가질 수 있었다. 경험이 많이 쌓인 병원 프로젝트 일도 점차 재밌어졌다. 아인슈타인 병원은 시댁이 있는 펜실베이니아 몽고메리 카운티의 지역 병원[22]과 펜실베이니아의 유명 사립 병원인 아인슈타인 병원이 합작해 만든 병원이다. 원래는 보람과 가족들이 어릴 적부터 주말마다 다녔던 골프 연습장 부지였는데 낙후되면서 사람들의 발길이 뜸해지자 그곳을 사들여 지역 병원을 새로 짓는 프로젝트였다. 총 4개 층으로 펜실베이니아의 평범하고 조용한 교외 지역에 초현대식이자 미래적인 디자인으로 들어서는 병원이었다.

종합병원 설계에서 중요한 세 팀이 있다. 건축 팀, 인테리어 팀 그리고 가장 중요하게 여겨지는 메디컬 플래닝 팀 Medical Planning이다. 다른 종류의 프로젝트에서는 건축 팀과 인테리어 팀이 플래닝[23]을 나눠서 하지만, 고도의 전문지식이 필요하고 공간과 공간의 접근성이 중요한 병원 프로젝트에서는 메디컬 플래닝 팀이 가장 힘이 있다.

산부인과 프로젝트를 할 때 인상적이었던 부분이 있었다. 아이를 가지기 힘든 이들이 다니는 불임 센터와 분만 센터를 분리해 희비가 엇갈릴 수도 있는 두 그룹이 서로 마주치지 않게 동선을 짰던 일이다. 공간을 아름답게 꾸미는 것뿐만 아니라 기능적이면서도 세심하게, 사용자의 필요나 나아가 감정까지 고려해 공간을 계획하는 일이 무척이나 흥미로웠다.

22 최근에 알게 된 사실로 재미 독립운동가 서재필 선생이 이곳에서 돌아가셨다. 그리고 내가 둘째를 낳은 곳이 이 병원이다.
23 인테리어 단계 중 가장 중요하고 선행되어야 하는 과정으로 공간의 목적과 기능을 결정하고 접근성과 면적 등 기본적인 레이아웃을 정하는 것을 말한다.

또 재미있었던 에피소드가 있다. 클라이언트 미팅 중 중요했던 과정으로 실사용자인 RN (registered nurse 현장의 간호사)들과의 만남에서 들은 이야기이다. 크림치즈, 프레첼 그리고 치즈 스테이크 등 기름지고 맛있는 음식이 많은 필라델피아 사람들은 미국 내에서도 뚱뚱하기로 유명하다. 그래서 필라델피아에선 뚱뚱한 환자들을 옮기다가 간호사들이 부상당하는 비율이 높다고 한다. 한국에서는 쉽게 상상할 수 없는 부자 나라의 웃픈 현실이었다.

이렇게 이런저런 에피소드들을 겪으며 우리의 첫 가게가 있었던 매니악, 그리고 필라델피아의 생활은 무탈하게 흘러가는 듯했다.

goldmine unli
vintage / design / ga

8

뜻밖의 불청객,
산후우울증

중간에 한 번 유산을 한 뒤 우리는 특별히 아이를 계획하지는 않았다. 하지만 그래도 큰아이한테 동생이 필요하다는 생각에 피임을 하고 있지도 않았다. 그렇게 지내다 둘째가 생겼다. 이때는 큰아이 때처럼 크게 당황하지도 기뻐하지도 않고 덤덤했다. 하지만 내 체력이 받쳐 주질 못했다. 타향살이 십 년, 그리고 제2의 고향이었던 뉴욕을 떠나 외롭고 지친 상태였던 내 몸과 정신은 이미 정상이 아니었다. 중간에 유산된 아기 생각도 났다. 결국 필라델피아 오피스에 내려온 지 십 개월 만에 회사를 그만두었다. 필라델피아의 빈티지 가게는 점점 상황이 좋아지고 있었지만, 아직 우리의 재정을 책임질 수 있는 정도는 아니었다. 주 수입원은 나의 월급이었고, 병원비나 개인 보험이 정말 비싼 미국에서 안정적인 건강보험 등의 복지를 해결해 주던 곳도 내가 다니던 회사였다. 그러나 그런 현실들을 모두 무시한 채 나는 회사를 그만두었다.

오 년의 회사 생활을 마무리하고 첫아이 필이에게 오랜만에 집중할 수 있는 시간이 주어졌다. 충분히 생활비를 벌지는 못했지만 가게가 좋아질 거라는 기대감이 있었다. 또 병원 인테리어 디자이너는 경험이 쌓이면 항상 자리를 구할 수 있는 전문적인 분야라 언제든 돌아갈 수 있다는 생각에 크게 신경 쓰지 않았다. 재정적으로 마이너스였지만, 아이를 낳은 후 언제든 내가 원할 때 원래대로 되돌아갈 수 있다고 생각했던 것이다. 그것은 나의 또 다른 착각이었다.

큰아이를 낳을 때 응급 제왕절개 수술을 했기 때문에 둘째를 자연분만으로 낳는다는 생각은 일찌감치 포기하고 수술 날짜를 잡았다. 수술 과정에서 출혈이 꽤 심했고, 이러저러한 마취제와 진통제를 맞아야 했다. 또 첫아이를 낳았던 뉴욕 어퍼맨해튼Upper Manhattan의 병원과는 완전히 다른 낙후된 시설의 펜실베이니아 동네 지역 병원에서 낳아야 했기에 더욱 심란했다. 찾아오는 친구들과 친척들이 없다는 사실도 우울감을 더했다.

그렇게 낳은 딸아이는 너무나 예뻤지만 나는 하루하루 이상해져 갔다. 산후조리를 도와 주러 친정엄마가 오실 수 없는 상황이었기 때문에 우리는 아이를 낳기 바로 전에 필라델피아 아파트를 정리하고, 시댁으로 다시 들어갔다. 아이를 낳기 전만 해도 괜찮다고 생각했던 경제적인 상황에 대한 걱정이 시간이 갈수록 심해졌다. 가슴이 타들어 가는 듯 아파왔다. 불안해서 가만히 있을 수 없는 상태가 되기도 했다. 그러다가 어느 날 머리가 깨질 듯 아프더니, 갑자기 머릿속에서 뭔가가 폭발했고 그 후에 퓨즈가 나간 것처럼 머리가 멍해졌다. 출산을 한 지 한 달쯤 되었을 때로, 모유 수유를 하고 있었는데 젖이 더 이상 나오지 않았다.

아무것도 할 수 없을 것 같은 느낌이었다. 점점 나쁜 생각만 머릿속에 가득 찼다. 친정아버지처럼 뇌출혈로 내 머리가 어떻게 된 거 같다는 생각. 나아가 머리에 기분 나쁜 불투명한 레이어가 한 겹 낀 듯한 느낌이 들었다. 도무지 머리가 맑아지지 않았고, 아이를 제대로 돌보지도 못했다. 불안해하며 겨우겨우 아이를 안고 젖병만 간신히 챙겨 방 안에서 나오지 않았다. 머리가 이상해졌다는 걸 사람들이 알면 아이를 뺏어갈까 봐, 그리고 시댁 식구들이 알면 나를 정신병원에 가둘 거라는 망상이 이어졌다. 그리고 책임도 못 질 아이들을 낳은 나를 원망했다. 심지어 아이들과 다 같이 죽어야 하나라는 생각까지 했었다.

너무 무서워서 닥치는 대로 인터넷 사이트를 검색했다. 우울증 검사를 했더니 우울증 원인 열 가지 중에 아홉 개에 해당되었다. 심각한 산후우울증이었던 것이다. 우울증이 무서운 건 그렇게 인지를 하면서도 더 나쁜 생각으로 자기 자신을 계속 몰아가기 때문이다. 나는 우울증뿐 아니라 머리에 어떤 심각한 병이 있어 내가 가족들에게 짐만 되리라는 생각에 사로잡혔다. 나중에 알게 된 사실이지만, 심각한 우울증에 빠지면 긍정적으로 생각하게 하는 호르몬이 나오지 않아 계속 부정적인 생각만 하다, 최악의 시나리오까지 상상한다고 한다.

밥을 어떻게 하는지 생각도 안 났고, 나는 점점 말을 잃어갔다. 우울증에 대한 지식이 전무했던 남편은 경제적인 문제 때문인 줄만 알고, 필라델피아 가게를 정리했다. 그리고 뉴욕에 프리랜서 에디터 일을 구해 올라갔다. 남편이 올라가던 날 나는 너무 무서워서 발작을 일으켰고 바닥을 기면서 신에게 기도했다. 정상으로 돌아가게만 해 주신다면, 한 번만 더 기회를 주신다면 정말 착하고 의미 있게 살겠다고.

남편이 뉴욕으로 올라간 후 내 상태는 더욱 나빠졌다. 큰아이는 시부모님과 시동생이 돌보았고, 나는 둘째만 안고 있었다. 급하게 올라간 뉴욕에서 남편은 친구들과 사촌 형의 소파에서 쪽잠을 자며, 아침저녁으로 전화를 해 나의 안부를 물었다. 그리고 우울증으로 정상적인 사고를 하고 있지 못했던 나를 다잡아 주려고 무던히도 애를 썼다.

"혜주야, 이건 지나갈 거야."
"나중에 웃으면서 이야기할 날이 올 거야."

당시에는 진심으로 이 현실에서 벗어날 수 없을 거라고 생각했다. 펜실베이니아 교외의 시집에서 벗어나지 못하고, 내가 갈 곳은 정신병원이나 감옥 중 하나일 거라고…… 엄마한테도 간간이 전화가 왔다. 나는 최대한 괜찮은 척했지만, 나중에는 멍하니 대답도 하지 않고 듣고만 있었다. 다행히 친오빠의 지인 중에 정신과의사가 있었다. 가족들이 나를 대신해 상담을 했더니, 산후우울증이고 혼자 두면 위험할 수도 있으니 빨리 한국으로 불러오라고 했다고 한다.

2010년 그렇게 우리 네 식구는 한국으로 들어왔다. 순전히 우울증 때문에 온 것만은 아니었다. 보람과 결혼할 때 전제 조건이 몇 년은 무조건 한국의 우리 부모님 곁에서 살아야 한다는 것이었다. 필라델피아에 내려간 이유 중 하나도 한국에서 몇 년 살기 전에 보람의 부모님 곁에도 있고 싶었기 때문이다. 그러나 둘째를 낳고 나서 생긴 생각지도 못한 우울증 때문에 우리의 귀국은 좀 더 앞당겨졌다. 그렇게 성하지 못한 몸으로 돌아온 한국에서의 생활은 물론 쉽지 않았다. 남편은 남편대로 친정 식구 눈치를 보았고, 갑자기 시작한 한국 생활에 힘들어했다.

한국에 돌아와서도 정신은 여전히 맑아지지 않았다. 엄마한테 미안했지만, 나는 집으로 돌아왔다는 안도감으로 오히려 더 무기력해졌다. 계속 잠을 잤고 이미 바닥으로 깊이 빠져든 우울증의 늪에서 쉽게 헤어나오지 못했다. 친정 식구들이 수소문해 나는 심리치료사와 정신과의사에게 치료를 받았다. 나한테는 약보다 심리치료가 효과적이었다. 처음엔 내 속의 이야기를 과연 할 수 있을까? 생각했는데, 어느새 눈물을 흘리며 끊임없이 말을 쏟아 내고 있었다.

항상 뭔가를 못하게 하는 식구들 때문에 그리고 어릴 적 사고 때문에 집에서 멀리 떨어져 살고 싶었다는 것, 아빠가 쓰러지셨을 때 언니가 집으로 돌아왔으면 좋겠다고 했는데 돌아오지 않고 학업을 계속한 것, 그러고서 몇 년 후 이어진 언니의 죽음. 식구들에 대한 죄책감을 의식의 저 아래 가둬 놓고 미국에서 생활을 꾸려 나갔지만 결국은 아이들은 물론이고 내 몸 하나 책임지지도 못하는 상황에 이른 것. 그 실패감과 무력감을 견딜 수 없었다. 결국 내 우울증의 원인은 어릴 적 엄마와의 애착 관계가 형성되지 않은 점, 언니의 죽음에 대한 죄책감, 어릴 적 사고, 지금의 경제적 어려움, 그리고 향수병 때문이었다. 그러다가 가두어 두었던 감정들이 약해진 몸과 제왕절개 수술 때 먹었던 약들 때문에 터져 나온 것이었다.

심리치료를 받고 약을 먹으면서 내 상태는 조금씩 나아졌다. 남편은 얼마 후 큰아이만 데리고 미국으로 다시 돌아갔다. 내가 우울증이 처음 발병했을 때 남편이 프리랜서로 일했던 회사에서 자리를 제안받은 것이다. 큰아이는 다시 시어머니에게 맡겨졌다. 보람이 다닌 곳은 펩시콜라의 자회사로 급여가 꽤 높고 근무 조건이 좋은 소호에 위치한 광고 회사였다. 보람이 다시 일하기 시작한 지 얼마 안 됐을 때 상급자였던 에디터가 몸이 아파 그 자리를 대신 맡아 줄 수 있느냐는 제안까지 받았다. 급여도 파격적이었다.

한편 나는 한국에서 건강을 회복하면서 빈티지 사업에 대해 좀 더 구체적인 그림을 그리기 시작했다. 지금 생각해 보면 한국에서 빈티지 사업을 하기로 마음먹은 것은 소위 '약발'이라고 할 수 있다. 한국에 돌아와 심리치료와 병원 치료를 병행했는데, 정확한 약 성분은 모르지만 무기력증을 완화하기 위한 약 성분 때문에 나는 약간 흥분된 상태로 일을(?) 치고 다녔다. 한국에 있는 동안 앤티크와 빈티지 가구의 메카 이태원 거리를 돌아다니며 숍 주인들과 이야기를 나눈 것도 어떻게 보면 약 효과였던 것 같다. 원래 성격이라면 수줍어 먼저 다가간다는 건 상상도 못할 일이었다. 그렇게 이태원과 그리고 한국 리빙 잡지, 그리고 포털 사이트 등을 검색해 유명한 빈티지 숍들을 찾아다녔다.

나름 시장조사를 하다 보니 빈티지 제품들이 생각보다도 가격이 비싸 미국에서 물건을 가져다 한국에서 팔면 승산이 있을 거라는 생각이 들었다. 또 다른 착각이었다. 그때까지만 해도 정확한 소매가가 형성되어 있지 않던 빈티지 앤티크 마켓에서 붙여 놓은 가격은 실제 판매 가격이 아니었다. 흥정가까지 이미 소매가에 반영되어 손님들은 무조건 가격을 깎는 데 익숙해 있었다. 그래서 우리가 헤이리에 매장을 냈던 초기에 한 손님은 10만 원짜리 의자를 고르고는 5만 원만 손에 쥐여 주고 간 일도 있었다. 애초에 거품이 없었던 우리 가격에서 그 손님의 행동은 황당하기 그지없었지만, 그런 게 이 업계의 소문난 관행이었다. 무엇보다 빈티지는 아직은 낯선 문화였다. 낡고 버려야 할 듯한, 남이 쓰던 물건을 좋아하는 사람들은 한국에서는 그때만 해도 굉장히 소수였다.

9월에 한국에 들어왔는데 한 달 만에 남편과 큰아이가 미국으로 돌아갔다. 비자 문제로 나는 12월에 딸아이를 데리고 미국에 돌아갔다. 이 개월 만에 식구들이 다시 만났다. 짧은 시간이었지만, 아이들이 한참 어릴 때이고 내가 몸이 성하지 않았기 때문에 굉장히 오랜 시간처럼 느껴졌다. 아직도 엄마 손길이 필요한 큰아이에게는 미안한 마음이 컸다. 동생이 생긴 다음 일어난 변화가 어린아이에겐 감당하기 힘들었을 것이다. 한참 시간이 흐른 후 내가 엄마 셋째 가지면 어떨까라고 농담을 건넸더니, "그러면 집이 무너져, 절대 안 돼."라고 했다. 아들의 상처가 얼마나 컸는지 헤아리고도 남을 말이다. 아직 어린 남매가 오랜만에 만나 반가워하는 모습에 눈물이 났다. 그렇게 시댁에 머무르던 어느 날 아침, 잠에서 깨어났는데 기적처럼 정신이 맑아졌다. 갑자기 내 머리를 둘러싸고 있던 기름종이 같던 막이 걷히는 느낌이 들었다.

그렇게 육 개월 만에 제정신으로 돌아왔다. 2010년 5월 둘째가 태어난 지 한 달쯤 후부터 시작된 산후우울증은 12월의 어느 날 아침, 거짓말처럼 없어졌다. 그날 마침 우리는 시아버님이 다니시던 플리마켓에 가기로 되어 있었다. 한국에서 이태원 빈티지 숍들을 보고 온 나는 빈티지가 내가 좋아하는 아이템이면서도 충분히 사업성이 있고, 시아버님이 이미 어느 정도 노하우를 가지고 계신 종목이라 가능성이 있다 생각했다. 플리마켓을 다니면서 물건들을 구했고, 그리고 또 아버님을 통해 알게 된 경매장에도 다녔다. 보람은 사실 빈티지 사업을 지속하는 걸 찬성하지는 않았다. 우리는 각자의 전문 분야에서 요구하는 충분한 교육을 받았고, 이미 중간 레벨의 스펙을 쌓아둔 상태였다. 그냥 원래 분야로 돌아가기만 하면 별문제 없이 쭉 하던 대로 살 수 있었다. 그리고 보람은 펩시의 자회사에서 에디터로 잡오퍼까지 받은 상태였다. 그러나 이제 막 우울증에서 깨어난 나는 미국에서 계속 살고 싶지 않았다. 어느 정도 시간이 될지는 모르지만, 친정 옆에서 아이들을 키우며 그동안 놓친 한국에서의 생활을 누리고 싶었다. 하지만 남편 또한 뿔뿔이 흩어져 있는 가족의 상황을 견디기 힘들어했다.

망해도 같이 망하고 흥해도 같이 흥하자. 그는 누가 뭐라고 해도 가족은 같이 붙어 있어야 한다고 믿는 사람이라 기러기 아빠는 죽어도 못할 사람이다.

결국 남편 동의 없이 보람이 그동안 모아 놓은 돈에서 반을 떼어 옥션에 가서 가구들을 구매했다. 그리고 지금 생각하면 터무니없이 비싼 배송비인 8,000불가량을 들여 한국으로 보냈다. 당시 가지고 있었던 자금은 가구 사업을 할 수 있는 큰돈은 아니었지만, 그때만 해도 디자이너 가구들이 크게 비싸지 않았고, 또 디자이너 가구는 아니더라도 내 눈에 예쁜 가구들을 골랐기 때문에 예산을 어렵게 맞출 수 있었다. 또 깊숙한 시골의 플리마켓을 다니면서 발품을 팔아 물건들을 모았다. 같은 미국이더라도 시골의 플리마켓에서는 도시보다 반 이상 저렴하게 물건을 구할 수 있었기 때문이다. 초기에는 취급하는 물품을 가구에 한정하지 않고 여러 가지 소품들도 같이 구입했다. 그렇게 상대적으로 적은 돈이지만 한국에서 판매할 가구들을 마련했다.

구매한 가구들을 보관할 창고가 없어 시댁 창고와 앞마당에 늘어 놓았다. 한국에서도 대책은 없었다. 하지만 우리가 한국에서 사업을 할 거라는 이야기를 들은 양평에 사시던 막내 이모가 보증금 500만 원에 월세 50만 원짜리 창고를 오빈역 근처에 구해 주셨다. 많이 손봐야 하는 곳이었지만 국철을 타면 서울에서 쉽게 올 수 있는 거리였다. 무엇보다 월세가 워낙 저렴해 한국에 다시 가자마자 계약했다.

양평에서의
새로운
시작

한국에서 본격적인 생활이 시작되었다. 결혼하자마자 아이가 생겨 돈을 모을 여유도 없었고, 그 달 벌어 그 달 쓰는 미국 월세살이 생활에 익숙해 있었기 때문에 여유 자금이 없었다. 어쩔 수 없이 친정어머니가 마련해 주신 전셋돈으로 우리는 흑석동에 자리를 잡았다. 한때는 그토록 내가 자란 곳을 벗어나고 싶어 했는데, 우울증과 향수병 끝에 그리운 흑석동으로 돌아온 것이다.

흑석동은 아빠가 중앙대 앞 노점상으로 시작해서 만년필 가게로 그리고 후에 안경점을 사십 년 동안 하셨던 곳이다. 엄마랑 결혼해 신혼살림을 시작하고 우리 셋을 낳아 기르신 동네이기도 하다. 미국으로 유학 가기 전 취업 준비로 내가 다니던 대학교 앞에서 잠시 고시텔 생활을 했던 걸 제외하고는 흑석동을 한 번도 떠나 본 적이 없었다. 흑석동은 중앙대학교가 있어 동네가 만들어진 지 꽤 되었다. 하지만 여의도와 서초, 강남 등 서울에서도 개발의 중심에 있는 곳들이 양옆에 있는데도 불구하고, 지하철이 들어오지 않고 분지 모양에 움푹 파인 지형이라 최근까지 예스러운 모습을 많이 가지고 있었다.

그런 곳에서 우리의 한국 생활이 다시 시작되었다. 큰아이는 내가 다녔던 흑석동 성당 부속 유치원에 들어갔다. 작은 아이는 엄마와 그리고 우리 가족에게는 무척이나 특별한 인연이었던 아주머니께서 맡아 주셨다. 아주머니는 언니의 아들과 오빠의 아들을 키워 주시고 아버지의 간호까지 도움을 주시는 등 우리 가족이 많은 빚을 지고 있는 분이었다.

2011년 5월 드디어 양평 오빈역의 창고를 계약했다. 우리는, 아니 적어도 나는 흥분해 있었다. 보증금보다 많은 1,000만 원 정도를 들여 창고를 손보았다. 거칠었던 바닥을 시멘트 타설로 마감했다. 또 창고이지만, 번듯한 화장실을 두고 싶었다. 그리고 휠체어를 타고 아버지가 오셨으면 해서 ADA가이드라인[24]을 지켜 디자인했다. 슬프게도 아버지는 끝내 오시지 못하셨지만⋯⋯.

아무튼 인테리어 자재상이 모여 있는 학동역 타일 가게에서 예쁘고 비싼 타일들을 구입해 붙이고 해바라기 샤워까지 설치했다. 당시 우리 형편을 생각하면 분에 넘치는 욕심이었지만, 그때는 그렇게 하고 싶었다. 우리가 할 수 없는 일들은 창고 주인분께 부탁드려 동네 기술자분을 구했다. 나머지 부분은 필라델피아 가게에서처럼 둘이서 처리했다. 특히 철판으로 된 창고 벽이 많이 낡아 군데군데 녹 자국이 있었는데 남편과 함께 프라이머와 흰색 페인트로 칠했다. 화장실 문과 반대 벽 쪽으로 벽돌을 쌓아 바를 만들고 나무 선반을 달아 거칠지만 정감 가는 키친 바도 만들었다.

오 년 동안 미국에서 인테리어디자이너로 일했지만, 대부분 캐드나 3D MAX 같은 컴퓨터프로그램과 미팅들로 시간을 보냈다. 그래서 현장 경험이 없던 나는 아주 작은 규모지만, 현장에서 모든 과정을 지켜보고 공사에 참여하는 일

---

24 장애인 사용을 위한 미국 인테리어디자인 규정.

이 무척 재미있었다. 드디어 5월 말, 2월에 미국에서 보냈던 우리의 첫 빈티지 물품과 살림들이 도착했다. 이때 했던 실수 중 하나는 당시 무역에 대해 무지했기 때문에 상업 인보이스와 세관 절차 등에 대해 아무것도 몰라 심지어 살림짐과 판매용 짐들을 섞어서 보냈던 것이다. 리스트에는 빈티지 가구들과 소품 그리고 우리가 쓰던 가전제품까지 있었다. 상업 인보이스를 쓰려고 해도 가전제품 때문에 불가능했다. (가전제품은 판매용으로 수입하려면 안전 검사를 받아야 하는데, 안전 검사비가 보통 제품의 가격을 훨씬 넘어서기 때문에 공산품의 경우 수량이 많지 않다면 포기하는 게 낫다.) 지금 생각해 보니 나무 수입을 하시는 지인분에게 소개받은 에이전트들이 왜 우리 문의에 고개를 절레절레하며 연락을 끊어 버렸는지 알 것 같다.

결국 우리는 통관 업체의 도움 없이 막무가내로 인천 세관으로 찾아갔다. 그리고 하루 종일 상업 부서와 이삿짐 부서를 왔다 갔다 하다, 저녁 6시가 다 되었을 무렵 겨우 통관을 마쳤다. 오랫동안 미국에서 생활했던 인테리어디자이너와 예술가 부부라 이삿짐이 많은 것이라고 정상참작을 해 준 것이다. 그렇게 얼마 안 되는 첫 빈티지 판매 물품을 어렵게 받았다.

디자이너 빈티지 반, 그리고 그때 유행했었던 인더스트리얼 빈티지industrial vintage[25]와 정크한 빈티지junk vintage[26]를 반 정도 받았다. 아직도 기억에 남아 있는 디자이너 가구로

25 19세기 후반 산업혁명이 쇠퇴하면서 방치된 공장 등에서 사용하던 철제 가구들.
26 심하게 부식된 철제 제품이나 페인트가 벗겨진 나무 제품들.

는 몇 년 전부터 폭발적인 인기를 끈 바우하우스[27]의 교수였던 마르셀 브로이어Marcel Breuer가 디자인한 바실리 체어Wassily chair[28]가 있다. 1960년대 놀사에서 만들어지기 이전에 제작과 배급을 맡았던 이탈리아 가비나Gavina사의 제품이었다. 그때까지만 해도 산업 시대의 바우하우스나 미드센추리Mid-Century[29] 디자이너 빈티지가 크게 인기를 끌지 못했었다. 게다가 강남이나 성북동의 화려한 빈티지 숍이 아닌 창고에서 디자이너 빈티지를 산다는 개념 자체가 생소했다. 때문에 지금에 비하면 굉장히 저렴한 가격이었는데도 판매가 쉽지 않았다. 결국 오랫동안 가지고 있다가 가죽이 찢어져 버리거나 파손되어, 육 년 후 미국으로 다시 돌아올 때 빈티지를 수집하시는 분에게 프레임만 1/10의 가격에 판매했던 기억이 있다. 괜찮은 빈티지 제품을 좋은 가격에 가져왔지만, 그때만 해도 알아봐 주는 분들도 없었고, 무엇보다 이제 막 양평 창고에서 빈티지 사업을 시작했던 우리에게는 백만 원이 넘는 중고 의자를 판매할 수 있는 역량이 없었다.

양평에서의 첫 일 년 동안 우리는 여러 가지 다양한 시도를 해 보았다. 하지만 거의 순수 사업소득이 없었다. 첫해 일 년은 가져온 빈티지 제품들을 대부분 지인들이 소화해 주셨다. 밑지지 않아서 어떻게 보면 다행이었지만, 도와주는 가족과 친구들이 없었더라면 육 개월을 못 버티고 두 손 들었을 것이다. 가족의 생계는 보람에게 간간이 들어오는 프리랜서 일들과 친정엄마의 도움을 받아 꾸려 나갔다. 그렇

---

27 독일 바이마르에 있던 조형학교. 학교를 넘어 하나의 건축, 디자인 양식으로 '생활 속의 디자인'을 표방하며 예술사 전반에 커다란 영향을 미쳤다.
28 부록 226쪽에 수록.

게 첫 일 년 동안은 여러 가지 조건이 맞아떨어져야 물건을 판매할 수 있다는 소중한 교훈을 얻었다.

그때는 50만 원이라는, 지금 생각하면 적은 월세도 버거웠다. 그래서 창고를 같이 쓸 사람을 구하는 글을 인터넷 부동산 사이트에 올렸고 그리하여 만난 사람이 다름 아닌 사진작가 신미식 선생님이다. 선생님은 양평에서 사셨던 경험도 있었고 워낙에 양평을 좋아하셔서 몇 번 오지도 않으셨지만 창고에 작품들을 보관하며 월세를 나눠 냈다.

그렇게 일 년 정도를 버티면서 어느 정도 감이 생겼다. 홈페이지도 만들고, 네이버 블로그도 시작했다. 온라인 마케팅도 했고, 빈티지 관련 제품들을 취급하고 행사를 하는 동호회에도 들어 정보를 주고받았다. 그 동호회들을 통해 송도 마켓에서 여는 벼룩시장에 판매자로 참가하기도 했다. 또 꾸준히 빈티지 가구들을 선별해 매입했다. 잡지, 포털 사이트를 통해 당시 유행하던 빈티지 아이템과 우리 예산에 맞는 제품들을 찾았다. 앞에서 이야기했던 이유들로 창고에서 디자이너 가구들을 판매한다는 건 무리가 있어, 자연스레 당시 일반적으로 인기가 많았던 오래된 나무 의자들과 인더스트리얼 빈티지 쪽으로 판매 목록을 채웠다. 우리가 주로 물건을 구하던 곳이 시댁이 있는 펜실베이니아 시골이라 그런 종류의 빈티지를 좋은 가격에 찾기도 쉬웠다.

29 1930년대 후반부터 등장해 1940~1960년대 미국을 중심으로 유행한 인테리어 양식으로 실용성과 간결한 디자인이 특징이다. 2차 대전 이후에 산업 재료의 부재로 실용적인 면이 강하고, 전쟁으로 상처받은 이들을 위로해 주기 위해서인지 바우하우스와는 다르게 곡선의 사용이 두드러진다.

그런 와중에 우리가 첫 번째로 판매한 아이템은 가구가 아니라 볼 자Ball Jar라는 미국에서 잼이나 피클 등을 만들어 보관해 놓는 저장 용기였다. 메이슨 자Mason Jar[30]로 통칭되며 지금도 생산되고 있는 유서 깊은 미국의 빈티지 제품이다. 백 년이 넘는 긴 역사를 자랑하는 이 제품은 초기에는 지금과 달리 미시간 레이크 지역에 있는 모래 언덕에서 나오는 모래로 만들었는데 그 모래의 미네랄 성분이 아름다운 푸른빛을 만들어 냈다. 화병과 다양한 장식용으로 많이 사용하며, 빈티지 인테리어에서 빠지지 않는 소품이다. 우리는 정말 판매가 될까 반신반의하며 쇼핑몰을 만들어 미국에서 가져온 물건들을 올렸다. 첫 주문이 들어왔을 때 양평 창고에서 야호! 주문이 들어왔어! 라고 신나서 외치던 순간이 아직까지도 생생하다.

큰 소득이 있는 건 아니었지만, 양평에서의 시간은 행복했다. 숨 가쁘게 달려온 십 년을 정리하는 휴식 같은 시간이었다. 흑석동은 내가 나고 자란 곳이자 그리던 가족들이 살고 있고 죽은 언니의 납골당도 있는 곳이다. 하지만 모든 것이 넓고 광활한 미국에서 생활하다가 돌아온 우리에게 복작복작한 서울 생활은 답답하기만 했다. 그럴 때 양평 자연 속 창고는 그 답답함을 풀어주는 안식처가 되었다.

그렇게 평화롭게 지내면서도 한 번씩 미래에 대한 걱정에 안절부절못하기도 했다. 종종 현타가 왔다고 할까. 미국에서 계속 일했다면 중간급 디자이너를 넘어서는 시기였고,

30 냉장 시설이 발달하지 않은 시기에 식품 보존 용기로 발명한 진공 저장 유리병이다. 1856년 처음으로 발명한 존 랜디스 메이슨John Landis Mason의 이름을 따 메이슨 자라고 불린다. 그중 볼 자는 가장 성공적으로 브랜딩한 브랜드로 지금까지도 생산된다.

별 탈 없이 회사를 다녔다면 억대 연봉을 향해 가고 있었을 거였다. 미국에서 우리가 하던 일을 계속했더라면 경제적으로나 사회적 위치로나 소위 '안정적'인 생활을 할 수 있었을 거라는 미련이 나를 괴롭혔다. 집 냉난방비도 제대로 내지 못해 친정엄마한테 손을 벌릴 때마다, 이런 소꿉장난 같은 사업은 그만 때려치우고 미국으로 돌아가 회사에 취직하자고 생각한 적이 한두 번이 아니었다.

하지만 그럴 때마다 신기하게 어디선가 큰 손님들이 나타나 물건들을 구매해 주셨다. 그렇게 어찌어찌 고비들을 넘기면서 양평에서 빈티지 숍을 즐겁게 운영하고 있었다. 그러던 중 아이들의 호흡기가 심상치 않음을 느꼈다. 어릴 적에 내가 다니던 이비인후과 선생님께 진찰을 받으러 갔더니, 집에 곰팡이가 있는 환경인지 물으셨다. 벽지를 뜯어보니, 균열이 간 벽을 대충 수습한 흔적이 보였다. 자세히 보니 벽 사이를 뚫고 물이 들어왔던 자국이 있었고, 벽 전체에 여기저기 곰팡이가 파랗게 피어 있었다. 어쩔 수 없이 아이들을 키우기에 나은 환경으로 이사를 해야만 했다. 엄마 옆에 오래 머물고 싶은 마음은 굴뚝같았지만, 우리가 가지고 있는 돈으로는 서울에서 아이들을 키울 만한 괜찮은 주거지를 찾을 수 없었다.

마침, 미국에서 친하게 지내던 보람의 친구가 김포 신도시에 살고 있어 가보았다. 가격 대비 환경이 너무나 좋았다. 생각할 것도 없이 다시 이사를 감행했다. 하지만 양평에서

김포는 너무나 먼 거리였다. 새로 들어간 김포 아파트 주변 창고를 알아보았는데 공장 지대라 창고 상태는 더 안 좋았는데도 가격은 비쌌다. 그러던 중 리빙 페어에서 알게 되어 블로그로 연락을 주고받았던 분이 생각났다. 가구 공방을 하시던 분이었는데, 그분의 창고가 파주에 있었다. 그분의 소개로 지금까지 많은 신세를 지고 있는 부동산 중개사 곽 이사님을 소개받았다.

우리는 60평대에 월세 100만 원 이하의 창고를 보여 달라고 요청했다. 하지만 100만 원 이하짜리는 없었고, 곽 이사님은 보증금 1,000만 원에 월세 100만 원짜리 창고 몇 개를 보여 주셨다. 마지막으로, 곽 이사님은 우리와 잘 어울릴 것 같다면서 운전대를 다른 방향으로 트셨다. 도착한 곳은 헤이리 예술 마을 8번 게이트에 있는 건물이었다. 헤이리 예술 마을이라니! 우리 예산으로는 꿈도 못 꾸던 곳이었다. 층고가 낮았고 60평이 안 되었지만, 건물 자체가 현대적이고 아름다웠다. 무엇보다 헤이리 안의 활발한 지구들에 비해 상업적으로 오염이 거의 안 된 멋진 곳이었다. 8번 게이트는 헤이리 안에서 한 바퀴를 돌 때 동선상 잘 오지 않게 되는 곳이다. 사람들이 많이 모이지 않는 곳이라 보증금과 월세도 다른 곳보다 저렴했다. 그리고 가게 앞으로 낮은 산이 있어서 눈이 맑아지는 기분 좋은 곳이었다.

문제는 돈이었다. 우리의 최대 예산은 보증금 1,000만 원에 월세 100만 원이었다. 주인분께 보증금을 좀 내려 달라고 하고 월세를 더 내겠다고 했다. 보증금의 일부는 또 어머니에게 손을 벌렸다. 보증금 일부를 보태 주시면서도, 양평 창고의 몇 배나 되는 월세를 어떻게 감당하겠느냐고 걱정 어린 표정으로 말씀하셨다. 보람도 욕심을 접는 게 좋겠다고, 적당한 창고로 들어가자고 했다. 나는 평소 물건이나 사람에 욕심이 별로 없는 편이다. 하지만 일단 한번 맘에 드는 게 나타나면 가지고 싶어서 끙끙댄다. 주인분에게도 빈티지를 충분히 설명하지 못해, 그냥 수입 가구라고 하자 그리 탐탁지 않아 하는 눈치였다. 여러 가지로 포기해야 할 이유들이 많았다. 그래도 계속 그 건물과 앞의 낮은 산이 눈에 아른거렸다.

자초지종을 설명하고 곽 이사님께 건물에 꼭 들어가고 싶은데 우리의 상황이 이러니 주인분께 설명을 잘해 달라고 부탁드렸다. 엄마한테는 헤이리가 그래도 관광지이니 빈티지로 월세를 벌지 못하면 국수 장사를 하겠다고 했다. 지금 생각하면 그 공간은 식당을 할 수도 없는 조건이라 국수 장사 생각에 웃음만 나오지만, 헤이리 실정을 모르던 엄마는 그 말에 설득당하셨다. 아니면 아빠와 안경점을 사십 년간 운영한 나름 베테랑 사업가였던 엄마가 다시 한번 속아 주신 것일 수도 있다.

그렇게 의견을 전달하고 우리는 조마조마한 마음으로 한남동의 한 커피숍에서 답변을 기다리고 있었다. 양평이 너무 멀어서 물건을 꼭 가지러 갈 일이 있거나 손님이 방문하는 날이 아니면 서울의 카페들을 사무실 삼아 온라인 업데이트 등의 일을 하고 있던 시기였다. 그때 곽 이사님에게 전화가 왔다. 주인분께서 오케이 했다고! 야호!

오래도록 살고 싶은
헤이리

지금 내가 이 글을 쓰고 있는 곳은 헤이리에 위치한 GUVS 사옥이다. 사업차 지금 한국에 와 있다. 한동안 글쓰기가 막혔는데, 신기하게도 장소의 이동이 뇌의 어떤 부분을 자극했는지 술술 이야기가 풀려 나온다. 헤이리 이야기를 다시 시작하자면, 헤이리 8번 게이트에 바로 붙어 있는 두 개의 크레타(그리스의 크레타섬을 모티브로 지은 건물로 건물 주인분들이 운영하는 돈가스 가게 이름과 같다.) 건물 중 신축 건물의 1층이 우리가 계약한 공간이었다. 이 공간 에 들어오지 않았더라면, 아마도 우리는 양평에서 외로움 에 지치고 빈티지에 사업성이 없다고 좌절해 짐을 싸서 미 국으로 돌아가지 않았을까 싶다.

헤이리 크레타 건물의 주인들은 아티스트, 전직 독립 잡지 기자 출신의 부부이다. 유명한 돈가스 가게를 운영하면서 그림을 그리고 사진을 찍는다. 또 젊은 작가들을 지원하기 도 하고 헤이리 아트 빌리지 운영에도 많이 참여한 분들이 다. 그래서 우리가 미국 수입 가구 일을 한다고 했을 때 반 기지 않으면서 계약에 뜸을 들였던 것이었다. 또 입주민들 이 지나치게 상업적이지 않고 헤이리 예술 마을 취지에 맞 게 예술과 디자인에 관련된 사람들이었으면 바랐다고 한 다. 그래서 보람이 예술가라는 점, 그리고 내가 디자이너라 는 이야기를 하지 않은 채 미국 수입 가구 일을 한다고만 말하자 선뜻 계약하고 싶은 마음이 내키지 않은 것이었다. 그런 주인분들의 철학 때문에 이 건물에 모이게 된 사람들 은 비교적 세파에 찌들지 않은 순수하고 자유로운 영혼을 가지고 있는 사람들이었다. (나쁜 말로 하면 비즈니스 감각이 떨어지는 순진한 애송이들이었다.)

주인분은 우리가 한 친구 한 친구 건물을 채우는 세입자들과 교류할 수 있게 다리가 되어 주었다. 그 사람들은 각기 다른 배경과 경험을 가지고 있었지만, 파주 헤이리에 들어왔고 그중에서도 외진 8번 게이트 건물을 선택했다는 점에서 이미 많은 공통점을 가지고 있었다. 그리고 그 친구들은 우리가 다시 미국에 돌아간 후에도 한국에서 사업을 지속할 수 있는 큰 동기가 되었다. 미국으로 돌아간 후 한국에 잠시 나올 때마다 재워주고, 아르바이트생들을 구하지 못했을 때 몸을 사리지 않고 일을 도와주었다. 그 친구들이 없었더라면 여기까지 오지 못했을 거 같다. 그리고 같은 돈과 에너지를 투자해 한국에 무언가를 만들고 싶은 마음이 생기지 않았을 것이다. 나는 가족의 대소사를 놓치고 싶지 않다는 동기와 더불어, 이미 철이 들 대로 들고 나이가 먹을 대로 먹은 사람들이 열린 마음으로 서로를 대한다는 자체가 좋아서 한국을 완전히 떠나고 싶지는 않았다.

그 친구들 중 하나가 우리가 크레타 건물에 들어왔을 때 이미 이층에 들어와 있던 도자기 작가이자 지금은 교수님이 된 재녕씨다. 그리고 우리보다 한 달 정도 늦게 들어왔고 우리가 한국에 들어올 때마다 재워주고 손님들이 갑자기 많이 밀어닥쳤을 때 발레파킹까지 마다하지 않고 해 주던 원투 커피의 회욱이와 은영이 부부. 한국 패션 대기업 브

1

랜드에서 십 년간 인테리어디자이너로 지내다 프리랜서로 GUVS에서 커다란 역할을 해주고 있는 정은이가 있다. 같은 건물은 아니었지만 사진작가로 활동하다, 헤이리 마을에 막 들어왔던 수진 언니, 대수 오빠 부부도 있다.

그렇게 친구들과 어울리며 헤이리의 매장을 운영해 나갔다. 다행히 양평 창고보다는 접근성이 커서 매출이 좋아졌다. 그래도 아직까지는 사업을 본격적으로 한다는 정도의 매출은 아니었다. 어린아이들의 조금 커진 소꿉장난 정도랄까. 게다가 8번 게이트는 앞에서 말했듯이 사람들의 관심과 매출을 크게 기대할 수 있는 곳이 아니었다. 그리고 우리의 아이템 자체가 그랬다. 지금은 많이 달라졌지만 그때는 오래된 물건과 남이 쓰던 물건은 귀신이 씌었거나 위생적으로 깨끗하지 못하다는 통념 때문에 환영받지 못하는 아이템이었다. 특히나 겨울에는 파주까지 오는 유동 인구가 적어 하루 종일 가게만 지킬 때도 많았다. 하지만 같은 건물 친구들과 서로의 작업 과정을 지켜보며 교류하고, 건물 빈 공간에서 플리마켓 등을 열며 그 시간을 버텼다.

사업적인 발전은 크게 없었지만, 치열하게 살다 조용한 헤이리 마을에 들어온 친구들과 우리는 서로 좋은 에너지를 주고받았다. 텃밭을 가꾸고, 도자기를 만드는 모습을 지켜보고, 로스팅한 커피를 음미하고 흑백 사진을 인화하면서, 평화롭고 유유자적한 삶을 이어 나갔다.

그렇게 일 년의 시간이 또 흘러갔다. 아주 느리지만, 크레타 건물에서의 빈티지 사업이 점점 안정세를 보이고 단골도 생겨났다. 좀 더 사업을 확장하고자 하는 욕심에 헤이리에서 차로 이 분 정도 떨어진 프로방스 마을 근처에 60평짜리 창고를 얻었다. 오픈마켓으로 유명해진 바로 그 창고이다. 소상공인 대출을 얻어 그전엔 창고인지 쇼룸인지 모를 헤이리 공간을 조금 손보기도 했고, 미국에서 물건을 더 사입해 왔다. 한국에 계속 머물렀지만, 일 년에 네 번 정도 이삼 주씩 보람이 물건을 구하러 미국에 다녀왔다. 시부모님과 시동생의 도움으로 직접 구한 빈티지 제품들은 배로 두세 달이 걸려서 파주에 도착했다.

둘이 모든 걸 알아서 해야 하는 구조였기 때문에 미리 제품 목록을 만들거나 할 시간이 없었다. 물건을 구하면 사진을 찍을 여유도 없이 바로 컨테이너에 실었기 때문에 몇 달후 컨테이너가 도착하기 전까지 어떤 물건을 구했는지에 대한 정보가 없었다. 컨테이너가 헤이리 8번 게이트 앞마당에 도착하고 문을 열었을 때는 옥션에 가서 재미있는 빈티지 제품들을 발견하는 것 같은 설렘과 흥분이 있었다. 보통 부산에서 통관을 마친 컨테이너는 수송 트럭이 밤에 출발하기 때문에 파주에는 새벽에 도착한다. 아직은 어린 아이들을 집에만 두고 나오기가 싫어 잠이 덜 깬 아이들을 차 뒷좌석에 태우고 매장으로 나왔다. 그리고 낮은 산 아래, 안개가 자욱하게 낀 새벽녘의 헤이리 마을 8번 게이트 앞에서 지금까지 우리 일을 도와주시는 가구 배송 조영수 기사님과 파트너분, 보람과 나, 그렇게 넷이서 물건을 내리고 정리했다.

서서히 가게는 자리를 잡아 갔다. 단골손님들도 생기고, 카페나 펜션 창업을 위해 대규모로 물건을 구입하는 분들도 생겼다. 그러다가 세월호 사건이 일어났다. 어른들의 잘못으로 눈앞에서 생때같은 아이들을 보낸 비극으로 온 국민들은 슬픔과 죄책감에 잠겼다. 아이를 가진 어른이건 같은 또래이건 슬픔에 잠겨 일상적인 생활을 하는 것만으로 미안해서 어쩔 줄 모르던 시기였다.
사람들은 활동을 자제했고 그 파급이 인테리어나 요식업에까지 영향을 미쳤다. 결국 우리 매출에도 영향을 미쳤다. 게다가 일 년 정도 시간이 흘러 서서히 슬픔에서 벗어나 경제활동이 정상을 찾아가나 싶었을 때 큰 전염병이 돌았다. 모두들 알고 있는 메르스. 중동 호흡기 증후군. 현재 전 세계적으로 경제와 사람들의 생활 방식에 영향을 미치고 있는 코로나19에 비하면 귀여운 수준이었지만, 이때만 해도 호흡기 전염병에 대한 지식이나 방지 프로토콜이 전혀 없었다. 때문에 많은 사람들과 의료진들이 안타깝게 생명을 잃었고, 국민들은 실체를 모르는 병 때문에 두려움에 떨었다. 또다시 사람들의 활동이 위축되었고, 자영업자들은 힘들어졌다.

이 년 연속 나라에 닥친 큰 재난으로 많은 자영업자들이 폐업을 했으며 우리도 겨우 자리를 잡아 가는가 했더니, 매출이 둔화되고 창고에 재고가 쌓이기 시작했다. 고정 매출이 생기던 헤이리 크레타 매장에도 손님의 발길이 뚝 끊어졌다. 돌파구를 찾아야 했다. 몇 번 보람이 전통주를 만들던 지인의 제품을 우리 공간에서 촬영하고 편집해 준 일이 있었다. 그렇게 우리 가구와 함께 광고 촬영을 했던 경험을 떠올려 공간 렌탈을 생각해 보았다. 하지만 매장에 해가 잘 들어오지 않기도 했고 구조가 공간 렌탈과는 맞지 않았다. 그래서 미니 영화관, 갤러리 등 평소 해 보고 싶었던 여러 가지 실험적인 일들을 시도했다. 영화관은 우리 아이들과 가까운 지인들의 놀이터가 되어 주었고, 갤러리에서는 오프닝으로 신미식 작가님의 해외 사진전을 열었다. 반응이 꽤 좋았고 우리도 대관비를 받지 않고 창작자들에게 좋은 공간을 제공할 수 있다는 데 보람을 느꼈다. 그렇게 2015년이 저물어 갔다.

헤이리 공간에서의 다양한 시도들은 재미있었지만, 생계를 해결해 주지는 못했다. 간간이 연락해 오는 손님들에게 창고 재고들을 원가에 처분하면서 결정의 시간이 다가오는 걸 느꼈다. 친정 식구들과 가까이 살고 싶어서 한국에 왔던 게 벌써 오 년이 지나가고 있었다. 미국에서 태어난 아이들은 한국 일반 학교에 다니고 있었다. 아빠가 영어가 더 편한 재미교포 1.5세임에도 불구하고, 아이들과 한국말을 하길 원했기 때문에 아이들이 영어를 거의 하지 못했다.

거취를 고민하던 즈음 파주에 살면서 생긴 취미가 있다. 살

래 텃밭이라고 헤이리가 속한 탄현면 사무소에서 운영하는 공동 텃밭인데, 일 년에 4만 원이면 10평 정도의 밭을 임대해 준다. 거기에 채소와 허브들을 심어서 키웠다. 뭔가를 키워낸다는 기쁨은 정말 컸다. 무엇보다도 잘 통할 땐 잘 통하더라도 자라온 문화 환경이 다른 남편과 하루 종일 있어야 하는 상황에서 도피처로 최고였다. 새벽녘에 혼자 찾아가 안개가 피어나는 공기 좋은 곳에서 새로 올라온 새싹이나 어제보다 조금 더 자란 열매들을 보는 기쁨은 소위 말하는 열락이었다. 아무 생각 없이 잡초를 뽑는 일들도 빠듯한 재정과 미래에 대한 일들로 복잡해진 머리를 정리하는 데 도움이 되었다. 한 가족이 먹기에 충분한 신선한 열매와 야채들을 얻을 수 있다는 것도 커다란 장점이었다. 이때 넘쳐 나는 야채들을 헤이리 친구들과 나눠 먹기도 하고, 회욱이의 원투 커피에서 1일 레스토랑 등을 열어 사용하기도 했다.

자연스레 야채를 키우고 요리를 좋아하는 나의 성격에 착안해서, 빈티지 가구를 파는 식당을 하면 어떨까 하는 생각을 했다. 헤이리에서 우리에게 남아 있는 돈과 은행 대출로 작은 땅을 사서 건물을 짓고 사업을 그 방향으로 전환하면 좋겠다고 생각했다. 곽 이사님에게 의견을 구하자, 어느 정도의 매출 실적이 있으면 크게 어려운 일이 아니라는 답이 돌아왔다. 여유롭지는 않았지만, 도전해 볼 만한 일이었다. 대출 이자를 계산해 보니 가게 월세와 크게 차이 나지도 않았다.

헤이리에서 우리 예산에 맞는 작은 땅들을 몇 군데 보러 다녔다. 눈에 드는 곳들이 몇 곳 있었다. 그중에서도 지금의 GUVS 건물 바로 옆 땅이 제일 마음에 들어 계약하려고 약속을 잡았다. 그런데 계약하기 한 시간 전에 주인분의 마음이 바뀌어 버렸다. 차선으로 다른 곳을 계약하려고 했는데, 그곳도 마찬가지로 내놓았다가 누가 산다고 하니 말이 바뀌었다. 헤이리의 땅들은 경제적으로 여유 있는 분들이 많이 사 두었다가 다시 내놓고는 했는데, 막상 누가 산다고 하면 아까운 생각에 다시 거둬들이는 일들이 많았다. 직접 와서 건물을 짓고 가꾸며 살 수 있는 환경이 되지는 않지만, 다른 사람에게 주기는 또 아까운 일인가 보다 싶었다. 이해가 안 가는 것은 아니었다. 하지만 기존 헤이리 마을의 설립 취지가 예술가들이 들어와서 가꾸며 살 수 있는 공간을 만들자는 것이었기에, 욕심이 앞서 단순히 투자처로 생각하며 잡초만 무성하게 자라게 내버려 두는 사람들이 얄밉고 미웠다.

그런 일들을 겪다 보니 정이 떨어졌다. 보람도 가족들이 모두 미국에 있기도 했고, 무엇보다 아이들이 더 늦어지면 미국에서 적응하기가 힘들어질 거라며 고민을 보냈다. 또 그동안 프리랜서 일들을 해 온 걸 감안한다 하더라도, 다시 각자의 직업으로 돌아갈 수 있는 마지막 시점이라는 위기감이 들었다. 한국에서는 조금 더 좋은 교육을 받기 위해 많은 돈을 들여 일부러 미국에 간다. 하지만 우리 아이들은 아버지가 미국 국적이고 미국에서 태어났기 때문에 이중

국적을 가지고 있어(내가 한국인이기 때문에 한국 국적도 자동으로 취득한다.) 별다른 경비 없이 미국 공교육을 받을 수 있었다. 결국 사업을 전환하려던 계획은 땅 주인들의 변심으로 틀어졌고 나 혼자만의 욕심으로 더 이상 한국에 있자고 우길 수는 없는 상황이었다. 그렇게 한국 생활을 정리하고 미국으로 다시 돌아가기로 결정했다. 이제는 창고 가득 있는 재고들을 어떻게 정리할 것인가가 문제였다.

다시 미국으로

보람은 미국에 가기 전에 한국에서 운영했던 빈티지 사업을 다른 사람에게 넘기고 싶어 했다. 마침 한 지인이 우리 사업체를 인수하는 데 관심을 보였다. 하지만 나는 세 가지 이유로 팔고 싶지 않았다. 가장 큰 이유는 주먹구구식의 사업이라 재고와 판매 물품 정리는 물론 시스템이 정비되어 있지 않다는 점이었다. 제3자에게 그것도 지인한테 돈을 받고 팔 정도는 아니라는 생각에 미안한 마음이 컸다. 또 다른 이유는 크게 소득이 많지는 않았지만, 그래도 인생 황금기의 오 년 반이라는 적지 않은 시간을 투자해 일구어 온 사업이었다. 그것을 차마 손에서 놓기가 쉽지 않았다. 마지막으로 미국에서 보람이 다시 회사에 다닌다고 해도, 나는 한국에 드나들 수 있는 합당한 이유를 만들어 두고 싶었다. 다시 미국에 돌아가 생활하는 것에 아직 마음의 준비가 되어 있지 않았기 때문이다.

결국 내 의지가 더 강했는지 지인의 인수는 없던 일이 되었고, 보람은 내 결정에 따를 수밖에 없었다. 하지만 감당할 수 있는 정도로 규모를 줄여야 했기에 우선 헤이리 크레타 건물 1층에 있는 가게를 정리했다. 보증금과 월세 부담에다, 우리가 떠난 후 매장을 지켜야 할 직원이 필요한데 그럴 정도의 예산이 없었기 때문이다.

그러던 중, 어느 날 블로그에 올린 한 가구를 보고 어떤 손님에게 전화가 왔다. 의자를 보러 오고 싶다고 했다. 미국 70년대 다이너Diner[31] 등에서 쓰던 빈티지 의자들이었다.

31 미국의 어느 동네에서나 찾아볼 수 있는 식당. 고급스럽거나 특별하진 않지만 대중적이고 기름진 미국 음식을 맛볼 수 있다. 편안한 분위기에 가장 미국적인 인테리어가 되어 있다.

손님은 가구를 보러 오셨고, 큰 망설임 없이 계좌 번호를 불러 달라고 하셨다. 그리고 바로 입금해 주시며 명함을 하나 주셨다. 알고 보니 알 만한 사람은 다 아는 인터넷 중고품 플랫폼의 대표님이었다. 그날 이후로 T 대표님은 일주일 동안 거의 매일 전화를 하고 창고로 찾아오셨다. 그렇게 남아 있는 재고의 반을 넘게 구입하셨다. 트럭 기사들이 트럭으로 물건을 가지러 온 적도 있었지만 대표님이 작업복 차림으로 직접 트럭을 몰고 와서 그 많은 물건들을 손수 실어 가기도 했다.

그 후 손님이자 친구가 된 리우 플라워의 류 실장에게서 아르바이트생을 소개받았다. 영재라는 친구였는데 류 실장이 매장을 닫을 때 도와줬던 걸 기억했다가 소개해 달라고 했다. 영재는 T 대표님이 반 정도를 구입했는데도 여전히 꽤 많이 남아 있는 재고를 정리하는 데 큰 도움을 주었다. 그렇게 미국으로 돌아가기 몇 달 전에 갑자기 우리에게 나타난 T 대표님과 영재 덕분에 비교적 수월하게 재고를 처분하고 정리할 수 있었다.

2016년 6월 우리는 다시 미국으로 돌아갔다. 단출하게 여섯 개의 이민 가방에 모든 짐을 싸서 미국으로 향했다. 떠나면서도 실감이 나지 않았다. 나는 출발하는 순간까지도 미국으로 돌아가는 것이 내키지 않았다. 아이들도 파주 생활에 만족해했기 때문에 미국에 가고 싶지 않다고 투덜댔다. 만약 창고를 남겨두고 오지 않았더라면 끝까지 아쉬움이 남아 발걸음이 떨어지지 않았을 거다. 공항에는 오빠와 형제처럼 친하게 지냈던 회욱이와 은영이 가족과 정은이가 나와 송별 인사를 해 줬다.

살 곳도 정하지 않고 미국에 돌아온 우리는 다시 펜실베이니아의 시댁으로 들어갔다. 미국의 긴 여름방학 기간 동안 시댁에 머무르면서 한국에 있을 때 이사 후보지로 꼽아 놓았던 곳들을 직접 다녀 보고 살 곳을 정하자는 것이 우리의 계획이었다. 뉴욕 업스테이트New York Upstate의 허드슨 Hudson, 서부 오리건주Oregon의 포틀랜드Portland, 그리고 뉴저지New Jersey의 프린스턴Princeton, 이 세 곳이 후보지였다.

뉴욕 같은 대도시가 아닌 소도시나 교외이더라도, 문화적인 환경이 좋고 우리랑 비슷한 자유로운 마인드를 가진 사람들이 사는 곳이었으면 하는 바람이 있었다. 또 한국에 두고 온 빈티지 사업이 어떻게 될지 몰랐기 때문에 우리가 다시 회사에 취직해야 할 수도 있다는 것을 염두에 두어야 했다. 그리고 규모와 상관없이 빈티지 사업을 계속할 생각이 있었으므로 물건을 쉽게 구할 수 있는 곳이어야 했다.

먼저 뉴욕 북부에 가족들과 함께 갔다. 비교적 동부에는 많지 않은 산들이 뉴욕 북부에는 발달한 편이라 자연환경이 훌륭했다. 또 얼마 전부터 높은 임대료를 견디지 못한 아티스트들이 이곳에 자리 잡아, 우리랑 비슷한 느낌의 사람들이 많이 살고 있었다. 하지만 결정적으로 뉴욕시와 너무 멀

1

었다. 뉴욕시에서 세 시간 정도는 올라가야 했다.

좀 더 가까운 두 시간 정도에 있는 비컨Beacon도 생각했지
만, 그사이 거품이 껴 거리와 조건에 비해서 임대료가 비
쌌다. 고민하던 중, 건축회사에 다닐 때 남편만큼이나 오
랜 시간을 붙어 다녔던 동료 프랭크가 비컨에 살고 있다는
게 떠올랐다. 비컨의 한 호프집에서 그를 만났다. 그동안의
세월을 이야기해 주듯 희끗희끗한 회색 머리와 수염이 보
였다. 오랫동안 영어를 쓰지 않아 어색할 거라 생각했는데,
기우였는지 맥주 한 잔을 하고 나니 말이 술술 나왔다. 인
테리어 대학원에 들어오기 전에 목수였던 프랭크는 우리
가 떠날 무렵 산 집을 조금씩 고치고 있었고, 지금은 방송
국의 시설 팀에서 일한다고 했다. 편안해 보였다.

인테리어 대학원 첫 학기 한 수업의 프리젠테이션 때, 깨
끗한 보드를 사지 않고 재활용한 보드를 사용했다고 기본
이 안 되어 있다며 외부 초청 강사로 온 선생님께 엄청 깨
진 날이 있었다. 교실 밖으로 나와 울고 있는 나에게 작품
이 좋다고 따뜻하게 위로해 주었던 친구가 프랭크였다. 그
리고 졸업 후 다시 회사에서 우연히 만나 오 년을 동고동락
했다. 인종과 나이, 성별은 다르지만 마음이 통했던 친구이
다. 그런 친구를 다시 만나니 그동안의 공백을 넘어 미국이
낯설게 느껴지지 않았다.

두 번째로 찾아간 곳은 서부 오리건주에 위치한 포틀랜드

였다. 지금은 한국에서도 힙한 문화로 널리 알려지고, 많은 사람들이 가고 싶어 하는 버킷 리스트에 올라 있는 곳이기도 하다. 미국 내에서도 현실에 존재하지 않는 이상적인 사람들이 살아가는 곳이라는 인상을 주는 지역이다. 전부터 살아 보고 싶기도 했고, 잡지에 나오는 당신은 어느 도시가 어울릴까요? 라는 심심풀이 질문지를 풀고 나면 영락없이 당첨되는 도시이기도 했다. 건축회사에서 프랭크와 함께 친하게 지내던 오리건주 유진 출신의 줄리가 고향 근처로 돌아가 직장을 잡은 곳이 포틀랜드였다. 큰아이 돌이 지난 후 그 친구를 만날 겸, 직접 도시를 경험해 보고 싶어서 우리 가족 셋이 여행을 떠났었고 생각 이상으로 좋은 인상을 받았었다.

포틀랜드는 아름다운 소도시로 로컬 양조장과 커피 문화, 아웃도어 스포츠 그리고 빈티지 등 중고 문화가 발달했다. 또 부가세가 없으며, 미국 어느 도시에서도 찾아볼 수 없는 양심제로 운영되는 전차가 다니는 곳이다. 호텔 수영장도 염소계 소독약 대신 소금물을 사용하는 친환경 도시이기도 하다. 나이키라는 거대한 회사가 있고 거기에서 나오는 세금 때문에 이 소도시가 이런 유토피아적 환경을 유지할 수 있다는 아이러니한 사실이 재미있다.

그곳에는 이미 줄리가 다니고 있는, 병원 설계로 꽤 규모가 큰 유명한 인테리어회사가 있었다. 때문에 존스 홉킨스와 몇몇 종합병원 프로젝트 수행 경력이 있는 내가 추천서를 받는다면, 현장에 복귀하는 일은 어렵지 않았다. 그런 이유로 내가 다시 직업을 구하기 좋은 곳이기도 했다. 엘에이나 뉴욕은 아니지만, 나이키와 나이키 광고를 거의 도맡아 하고 있는 광고회사가 있기 때문에 남편도 직장을 다시 잡는 데 어려움이 없었을 것이다.

문제는 빈티지 가구를 잘 구할 수 있을까 하는 것과 아이들이 여기서 잘 커줄까 하는 의문이 들었다는 것이다. 빈티지 시장은 발달했으나, 비교적 신흥 도시이기 때문에 좋은 빈티지 가구를 찾기는 힘들었고, 소매가격도 꽤 비싼 편에 속했다. 소비자는 있으나 공급이 부족해 엘에이나 역사가 깊은 동부 도시들에서 공급을 받는 형태였다. 무엇보다 아이들 교육에 있어 고민이 많았다. 포틀랜드는 교육 시스템과 자연환경 모두 훌륭하고, 착하고 여유로운 사람들이 살고 있는 곳이다. 포틀랜드에 직접 가보니 줄리가 왜 그렇게 착한 심성을 가지고 있는지 알 것 같았다. 자연스럽게 이곳 출신의 두 명의 친구가 생각났다. 선하지만, 뭔가 다른 세계에서 온 듯한 이상적인 분위기를 둘 다 가지고 있었다.

겉으로는 더할 나위 없이 좋아 보였으나 서울과 동부에서 교육받고 일한, 즉 언제나 경쟁 넘치는 곳에서 살았던 우리에게는 이곳 아이들과 사람들이 다소 에너지가 부족해 보였다. 계속 이곳에서 평화롭게 살아간다면 문제없겠지만, 포틀랜드를 떠난 다음에는 온실 속 화초처럼 현실감각이 떨어질까 봐 걱정되기도 했다. 우리는 좀 더 강하게 아이들을 키우고 싶었다. 여름방학 성수기라 이번엔 아이들은 시댁에 맡기고 우리 부부만 2박 3일 동안 포틀랜드에 다시 찾아갔다. 아파트도 알아보고 줄리도 만나고, 작게 형성되어 있는 한인 타운에도 가 보았다. 빈티지 숍들도 좀 더 유심히 관찰해 보기도 했다. 여전히 너무나 매력적인 도시였지만, 역시나 앞에서 말한 이유들로 당장 우리가 살 만한 곳은 아니었다.

마지막은 뉴저지 프린스턴, 이곳은 우리 부부의 직장이 있던 뉴욕과 시댁이 있는 필라델피아 가운데 위치해 있어 큰 아이를 낳았을 때도 이사를 고려해 아파트를 알아본 적이 있던 곳이다. 세계적으로 유명하고 산업이 발달한 두 도시가 한 시간 거리에 있고 철도와 고속도로도 발달해 통근을 할 수 있다는 면에서 유리했다. 미국의 대표적인 명문인 프린스턴 대학교Princeton University가 있어 교육 때문에라도 이곳으로 이사 오는 사람들이 많을 정도로 학문의 고장이기도 하다.

우리는 완전히 새로운 생활을 꿈꾸기도 했지만, 한편 우리가 살았던 영역 내에 있다는 점에서 편안함을 느꼈다. 보람과 내가 다시 취업을 해야 할 경우, 뉴욕과 필라델피아에 통근할 수 있는 지역이라는 게 좋았다. 그리고 오랜 역사와 더불어 부자들이 모여 살았던 동부 해안가와 접해 있는 대도시들에 차로 쉽게 갈 수 있어 빈티지 물건을 구하기가 용이하다는 것도 큰 이점이었다. 그리고 이곳은 육 년이라는

시간 동안 떨어져 있었던 보람의 가족들을 쉽게 만나고 도움을 주고받기에 적당한 위치였다. 아이들을 위해서 모든 걸 희생한다는 주의는 아니었지만, 교육 여건이 좋다는 건 엄청난 장점이었다. 그렇게 2016년 7월 프린스턴 뉴저지에서 우리의 미국 생활 2막이 시작되었다.

프린스턴에 적당한 아파트를 찾아 들어가고, 차를 구매하고 우리가 사용할 가구를 다시 찾았다. 예전에 회사 이사를 할 때 회의실 책상을 가지고 와서 부모님 창고에 넣어둔 게 생각나, 그걸 우선 식탁으로 쓰기로 했다. 파크 애비뉴에 있었던 회사가 유니언스퀘어로 이사할 때 기존 가구들을 중고상에 판매하지 않고 제비뽑기로 직원들에게 나누어 주었었다. 당시에는 크게 관심을 두지 않았다가 뒤늦게 아무도 가지고 가지 않은 테이블을 가지고 왔다. 지금 생각해 보면 직원들에게 나누어 주었던 거의 모든 오피스 가구들이 현재 우리가 취급하고 있는 빈티지 가구들이다. 한국에서 지금 폭발적인 인기를 자랑하는 엘씨투LC2[32]가 로비에 있었는데 그 가구가 당첨되어 가지고 간 운 좋은 직원도 있었다.

그렇게 의자 등은 천천히 빈티지로 구했고 매트리스와 아이들 침대 프레임 정도만 새로 샀다. 그리고 빈티지 물건을 운반할 차를 경매에서 2,000불 정도를 주고 구매했다. 새 차가 보통 6,000~7,000만 원 정도 하니 200만 원 초반대라면 움직이는 수준에서 만족해야 하는 정도였다. 그 차는 세

32 부록 234에 수록.

1

탁소 주인이 빨래 픽업용으로 사용하던 차였다. 모터나 기계적인 상태는 쓸 만했으나, 조수석 문이 열리지 않았고 에어컨이 없었다. 그래도 한 이 년간 우리의 성실한 일꾼이 되어 주었다. 우선은 월세가 200불에서 300불 하는 보관 창고를 구해 물건들을 사서 채워 넣었다. 그리고 컨테이너에 물건을 실어 한국으로 보냈고, 도착할 즈음인 7월에 보람과 아이들을 두고 혼자 한국으로 갔다. 보람이 풀타임으로 취직한다고 생각했을 때, 이렇게 창고만을 두고 소소히 단골손님들 위주로 물건을 팔아 한 달에 200만 원 정도만이라도 수입에 보태자는 게 처음의 의도였다. 일 년에 네 번 정도 보내고 내가 한국에 가서 물건을 팔면 창고 월세와 비행기 경비를 빼고 한 컨테이너당 600만 원의 수익만 있어도 괜찮다고 생각했다.

한국을 떠난 지 몇 달 안 되어서 컨테이너 한 대를 가지고 혼자 한국으로 들어왔다. 물건을 구하는 시간과 자본금 등이 우리가 떠날 때랑 다르지 않아 컨테이너를 보낼 때 시아버님이 슬쩍 말씀하셨다. "그전이랑 별로 달라진 게 없네." 맞는 이야기였다. 이러저러한 사건들과 불경기도 문제였지만, 육 년이라는 시간 동안 판매 물품이나 운영 방식에 커다란 변화 없이 비슷한 패턴으로 장사를 지속했던 것도 사업이 안 되고 재고가 쌓이게 된 이유이기도 했다. 부정적인 생각은 뒤로하고 일단 한국에 들어온 후 첫 컨테이너를 받아 정리하고 판매를 했다. 단골손님들과 친구들의 소개와 떠나기 일 년 전쯤 시작한 인스타그램을 보고 손님들이 찾아와 주셨다.

예상했던 매출은 아니었지만, 다행히 경비를 빼고 얼마간의 돈이 남았다. 다시 한국에 돌아와서 가족들을 만나고 친구들을 만날 수 있다는 건 좋았지만, 그 정도의 돈을 위해서 아이들을 남기고 이 고생을 해야 한다는 건 합리적이지 않은 것 같았다. 또 이대로 취미처럼 운영해 보람의 풀타임 월급에 보탠다는 생각도 현실적이지 않았다. 물건을 구하러 다녀야 하는 문제부터, 내가 한국에 물건을 판매하러 갔을 때 보람이 풀타임으로 취직을 하면 아이들은 누가 봐준단 말인가.

첫 행사를 마치고 이런저런 생각을 안고 미국행 비행기에 몸을 실었다. 보람은 내가 없는 동안 아이들이 미국 생활에 익숙해지도록 애쓰고 있었다. 그리고 몇 군데 이력서를 보내고 있었다. 하지만 우리가 없는 동안 미국의 취업 시장은 나아지지 않았다. 집값을 비롯한 물가는 올랐으나 정작 임금은 오르지 않았다. 구직 사이트에 들어가 보니 회사의 요구 사항은 늘어났는데, 떠날 때와 비교해 월급은 그대로이거나 오히려 더 낮아져 있었다. 반면 우리가 살던 브루클린의 집값은 세 배나 뛰어 있었다. 과거에는 안정된 직장이 있어 아주 적은 보증금으로 집을 살 수 있었는데 뭔가를 마련해 놓지 않고 섣불리 브루클린을 떠났던 선택에 후회와 미련이 남았다.

우리는 다시 회사를 다니면서 적당히 빈티지 사업을 하겠다는 계획을 정리해야만 했다. 결국 본격적으로 빈티지 사업을 미국과 한국에서 해 보자는 데에 무게가 실렸다. 그래서 가게 자리를 찾아보았다. 우리 아파트는 평화롭지만 심심한 동네에 위치해 있었다. 프린스턴 대학에서 차로 십 분쯤 떨어진 교외였는데, 우리가 얻는 가게 겸 창고는 그곳에서 남쪽으로 십오 분 정도 더 가야 하는 트렌턴이라는 뉴저지의 주도이자 한때는 GM 공장이 있던 지역이었다. 산업 시대에 융성했지만 지금은 쇠락한 슬럼 지대에 오래된 공장을 업사이클Upcycle[33]한 곳이었다. 뉴욕시의 브루클린이나 퀸스 같은 공장지대는 이미 오래전부터 이런 움직임이 있어서 우리가 결혼했던 장소도 살았던 곳도 이런 공장을 업사이클한 로프트였다. 한국의 성수동을 생각하면 금세 이해가 갈 것이다. 공장지대 주변은 휑했지만, 비교적 자본의 여유가 있는 회사에서 현대적으로 리노베이션해, 좋은 컨텐츠를 가지고 있는 회사들에게 임대를 주고 있었다. 이미 양옆으로 우리보다 규모가 열 배는 큰 유기농 음료수 회사와 네덜란드 화분 회사 등 재미있는 곳들이 들어와 있었다.

미국에서의 수익이 아직 없던 시기라, 소매상점과 맞먹는 월세가 부담스러웠다. 하지만 한국에서 크레타 건물에 들어갈 때와 마찬가지로 꼭 맘에 드는 공간이라 놓치고 싶지 않았다. 백 년이 넘은 공장 건물이었기 때문에 나무 골조 등 이미 공간 자체가 근사한 빈티지였고, 층고가 높고 채광

33 폐품이나 버려진 공간에 실용적인 디자인을 가미해 보다 가치 있는 제품, 공간으로 재탄생시키는 것을 뜻한다.

이 좋아 가구 사진을 찍는 데도 그만이었다. 결국 가게 겸 창고를 계약하고, 보람은 미국 판매를 위해 웹사이트를 만들었다. 또 내가 좋아하고 잘 아는 제품을 취급하고 싶다는 생각에 디자인 가구 쪽으로 눈을 돌렸다. 그전엔 디자이너 제품을 많이 취급하지 않았었지만, 한국 트렌드가 바뀌는 걸 느꼈기 때문이다. 마침 거래하던 미국 은행에서 어느 정도 대출도 받을 수 있었다.

미국 창고가 근사했기 때문에 사진을 여기서 찍어 올리고 한국에서 판매하는 전략을 썼다. 꽤 익숙해진 인스타그램에 가구를 구하고 손질하고 판매하는 모습과 미국에서의 일상을 올렸다. 그리고 틈틈이 구해 온 가구 이야기들을 리서치하고 재구성해서 올리기도 했다. 무엇보다 전공을 살려 나만의 기준으로 디자이너 가구를 선택하고 백 년이 넘는 미국의 공장 건물에서 멋진 사진을 찍고 이야기를 공유했다. 그 효과는 우리가 알아차리지 못하는 사이 차곡차곡 축적되어 오픈마켓에서 폭발적인 에너지로 터져 나왔다. 또한 한국에 소매점이 없었기 때문에 유지비가 거의 나가지 않아 가격 면에서 월등히 우세했다. 미국 대도시의 현지 가격과 같은 수준으로 파주 창고에서 판매를 할 수 있었다.

두세 번 그런 형태로 가구를 한국에 들여왔다. 촉이 좋고 트렌드에 민감한 손님들이 파주 창고에 오기 시작했다. 오년 전 양평에서 시작할 때와는 달리, 창고에서 빈티지 제품을 사는 것에 대한 인식도 많이 달라져 있었다. 세계 여행을 통해 이런 문화에 친숙해진 분들도 많아졌다. 디자이너 제품이라도 남이 쓰던 제품에 대한 선입견이 있던 한국의 정서도 달라져 있었다. 오래전 이름 없는 빈티지 위주로 장사를 할 때부터 단골이었고 사업적인 조언을 많이 해 주던 강릉의 진희처럼 손님 몇 분들도 우리와 함께 사업이 성장해 계속 큰 손님으로 남아 주었다.

일을 하며 자부심을 느끼는 날도 많았다. 한 번은 한국의 한 명품 가구점에서 일하는 분에게 인스타그램 메시지가 왔다. 판매 매뉴얼과 가격만 알려 줄 뿐 자신이 판매하고 있는 가구에 대해 어떤 설명도 해 주지 않는 회사를 다니고 있는데, GU 인스타그램에서의 설명이 일하는 데 도움이 되어 감사하다는 인사였다. 나도 교과서에서만 봤던 디자인 아이콘들을 직접 보고, 또 최근 재생산된 제품이 아니라 오래전에 만들어진 원형들을 볼 수 있는 기회가 많아져 즐거웠다. 그런 재미 때문에 무거운 짐들을 나르는 노동과 청소, 잡일들이 전혀 힘들게 느껴지지 않았다.

그렇게 일 년에 네 번 200개에서 250개 정도의 가구를 40피트 컨테이너에 실어 보냈다. 보람은 아이들을 돌보고 나는 혼자 한국에 와서 삼 주 정도 판매를 했다. 쉽지는 않았다. 지금 생각하면 어떻게 해 나갔을까 싶을 정도로 고되었다. 그러나 뒤를 돌아볼 여유가 없었다. 이미 미국에서의 취업은 둘 다 단념한 상태라, 빈티지 사업에 집중해야 했다. 미국에는 전세 제도가 없고 물가가 1.5배 정도 비싸 생활비가 한국 파주에 비해 세 배는 더 들었다.

빈티지 제품들을 판매하고 서둘러 아이들과 남편이 있는 집으로 돌아가야 하는 빠듯한 일정이었지만, 그럼에도 꼭 시간을 내서 한 일이 있다. 아무리 피곤하더라도 엄마와 1박 2일로라도 여행을 다녀오는 것이었다. 여러 가지 이유가 있었지만, 미국에서 살더라도 한국 가족들과 계속 만나고 싶은 이유 때문에 이 직업을 택했고, 그 이유로 창고를 남기고 다시 돌아왔으니 어찌 보면 엄마와의 여행이 내 한국행의 가장 큰 목적이었다.

나는 빈티지라는 오래된 물건을 판매하기 위해 일 년에 네 번씩이나 한국과 미국을 오갔고, 그 덕에 사랑하는 사람들과 함께했다. 그렇게 나는 나만의 방식으로 내 인생의 주도권을 놓지 않으려고 했다.

디자이너
빈티지 가구를
창고에서 팝니다

디자이너 빈티지 제품들을 판매하기 시작한 지 얼마 안 되어, 창고에 차림새가 비범한 멋쟁이 손님들이 찾아오기 시작했다. 컨테이너를 내려 창고를 오픈하자마자 열 대 남짓한 차들이 대기했다가 손님들이 들어왔다. 멀리 지방에서 온 손님들도 있었다. 멋쟁이 손님들 덕에 에너지가 넘쳐났고, 좋아하고 잘 알고 있는 가구를 판매하고 설명하느라 나도 신이 났다.

매출도 꾸준히 좋아졌다. 가지고 오는 제품의 70퍼센트 정도는 첫 주면 다 판매되었고, 창고를 닫고 가야 하기 때문에 남아 있는 가구는 마지막 날 원가에 아주 저렴하게 판매했다. 일찍 오는 손님들은 원하는 가구를 사고, 마지막 날 오는 손님은 그 당시 인기 있는 제품들은 아니지만 양질의 가구를 좋은 가격에 구매할 수 있었다. 무엇보다 창고와 아르바이트생으로만 매장을 운영하고 있었기 때문에 매달 나가는 유지비가 적었고, 덕분에 마진이 생겼다. 그렇게 서서히 입소문이 나면서 손님들은 많아졌고 가지고 온 컨테이너의 물건이 팔리는 속도는 점점 빨라졌다. 처음엔 이 주 정도 열었는데, 열흘 그리고 일주일로 짧아지고, 나중엔 나흘로 짧아졌다. 그렇게 가지고 온 제품의 90퍼센트 정도가 소진되었다.

2016년, 2017년 그리고 2018년 나날이 손님이 많아졌다. 2018년 가을 오픈마켓은 입소문을 타고 퍼져 나가 갑자기 많은 분들이 오픈 몇 시간 전부터 대기하는 일이 벌어졌다.

이제는 혼자 감당하기 힘들 지경에 이르렀다. 많은 분들이 와서 좋아해 주는 게 감사한 일이었지만, 맛집처럼 길게 줄을 서 있는 상황에 심리적인 압박감이 컸다. 창고 앞 주차장도 꽉 차서 도로변에 세워 둔 차 때문에 민원까지 속출했다. 어디로 도망가고 싶을 정도의 부담감을 느꼈다.

나와 정은이 그리고 아르바이트를 해 주는 친구들로는 더이상 감당이 안 되어 보람이 2018년 겨울 오픈마켓부터는 동행했고, 우리는 물품 정리와 몇 가지 판매 시스템을 보강했다. 시스템에 더해 마케팅 비용에 투자하는 대신, 미디어 작가인 보람이 행사를 좀 더 재미있고 실험적으로 구성했다. 오픈마켓이라는 이름을 붙인 것도 보람이다. 그런 이유로 고객들이 오실 때마다 가구 구입을 떠나 참여하는 전시회의 느낌을 받을 수 있었다.

무엇보다 입소문의 파급력이 얼마나 어마어마한지 체감할 수 있었다. 아직도 그렇게 마켓이 커졌다는 것이 현실로 느껴지지 않는다. 광고를 전혀 하지도 않았고, 인적이 드문 파주 한 창고에서 인스타그램 공지만을 통해 운영했는데 이런 반응이 생기다니…… 선택지가 과도하게 많고 광고의 표적이 되기 쉬운 요즘 세상에서, 지인들의 입소문을 통해서만 알게 되어 온 분들은 아마 보물찾기 한다는 기분이었을 것 같다.

서울보다 개성이 더 가깝고, 대중교통 편이 불편한 파주의

한 창고에 새벽부터 온 손님들의 긴 줄 그리고 열정은 스위스와 독일 접경지대에 위치한 비트라Vitra[34] 가구 공장의 세일 날을 방불케 했다. 그리고 디자인 의자에 대한 호기심이 한국에도 싹트기 시작했다는 나의 예측을 훨씬 넘어선, 그야말로 열정적인 광경을 눈앞에서 확인했다. 줄은 점점 길어졌고, 괜찮은 물건은 첫날 오전 두 시간 정도에 모두 소진되었다. 그 때문에 오랫동안 기다리다가 빈손으로 돌아가시는 손님들이 늘어났다.

보람은 그렇게 과열된 인기를 즐겼다. 그러나 나는 매우 불편했다. 사업이 커지면서 부작용도 생겼기 때문이다. 일찌감치 온 손님들이 초반에 물건을 많이 사 가서 뒤에 온 분들은 오랫동안 기다려도 원하는 제품을 사지 못하는 경우가 생겼다. 그리고 시스템이 정비되는 과정에서 확대 재생산된 소문으로 기대에 못 미친다고 여긴 손님들로부터 원성도 들었다. 그러다 2019년 봄 마켓 때 처음으로 원색적으로 우리를 비난하는 댓글이 인스타그램 피드에 두 개 정도 올라왔다. 십 년 동안 사업을 하면서 처음으로 보는 악플이었지만 계속 마음에 맴돌았다.

물론 고맙게도 더 많은 분들이 응원의 댓글을 남겨 주었다. 그렇지만 이건 지속 가능하지 않은 비즈니스 모델이라는 생각이 들었다. 댓글의 말투는 거칠었고, 의도하지 않은 일에 대한 비난이 큰 상처를 줬다. 그래도 시스템을 정비하지 못해 고객들에게 불편함을 준 것은 인정해야 하는 사실이

34 스위스 비르스펠덴에 본사를 둔 가구회사로 샘플 세일 시즌이 되면 유럽 각지에서 인파가 몰린다.

었다. 합리적인 방법으로 줄을 세우거나, 번호표를 발행해 시간을 두고 고객을 입장시켰어야 했다. 아마추어적인 생각에 내가 뭔데 누구를 줄 세우나 하는 생각에 그렇게 하지 못한 것이 실수였다. 미국 블랙 프라이데이 세일 날 가전제품 숍을 연상하게 할 정도로 개장하자마자 우르르 들어온 손님들을 생각해 보면, 누군가 다치지 않은 것만도 다행이었다. 이후 시스템을 정비했고, 일하는 인원을 늘렸다.

때마침 이 모든 상황을 예상이라도 한 듯 우리는 오픈마켓의 문제점을 보완할 프로젝트를 시작하고 있었다. 난관에 봉착한 우리를 살려 준 혜안이 되었던 프로젝트. 바로 헤이리 사옥 짓기였다.

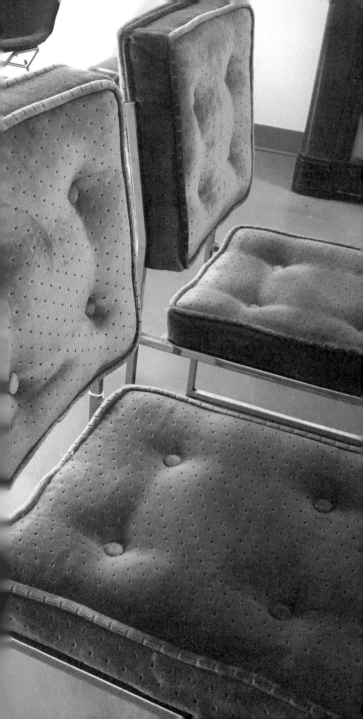

GUVS 헤이리 사옥

사옥을 짓기로 결심한 데에는 여러 이유가 있었다. 나는 그동안 미국에서 한국으로 열네 시간 동안 비행을 하고 도착해 친정 흑석동에서 지내면서 파주로 출퇴근을 하고 있었다. 시차 적응도 되지 않은 상태에서 컨테이너를 받고 물건을 정리해서 판매하는 일에 체력적인 한계를 느꼈다. 그래서 파주에 쉴 수 있는 공간이 있었으면 했다. 무엇보다 브루클린을 떠날 때 은행에서 대출을 받아 아파트를 살 수 있음에도 불구하고 그러지 않았던 일이 내내 아쉬웠다. 다시 돌아왔을 때 두세 배 오른 브루클린 아파트 가격을 보고 다음에 우리가 살 곳에서는 꼭 보금자리를 마련하고 싶었다. 현실화하지 못하고 미국으로 떠났지만, 사업을 영위하는 이곳에 지금이라도 무언가를 남기고 싶었다.

그런 생각들이 점점 커지고 있을 때, 마침 한국과 북한의 관계가 드라마틱하게 좋아져 남북 정상회담이 열렸다. 파주는 서울과도 가깝고 자연이 좋고 출판단지와 헤이리 마을 등 문화시설도 많다. 무엇보다 부동산 가격이 수도권 다른 지역보다 상대적으로 저렴했다. 이런 장점들이 많지만 북한과의 거리가 가깝기 때문에 저평가된 지역이었다. 북한과의 관계에 따라 부동산 가격이나 소매점 매출이 요동치기도 한다. 역사상 초유의 만남을 앞두고 통일에 대한 기대감으로 파주 부동산 가격이 올라갔고, 매물로 나와 있던 곳들도 모두 들어갔다.

나도 위기감을 느꼈다. 월세를 말도 안 되게 올린다든지,

갑자기 주인이 바뀌어 나가라고 하면 큰일이라는 생각이 들었다. 그러한 이유로 2018년 6월에 한국에 들어왔을 때, 본격적으로 헤이리 땅을 보러 다녔다. 크게 돈을 모으진 못했지만 그동안 사업을 해 온 과정을 지켜보았던 지인이 어느 정도 투자금을 빌려주기로 했다. 거기에 더해 대출을 받을 생각이었다.

파주의 다른 지역보다 땅값이 두 배는 비싼 곳이었지만, 장소는 헤이리로 정했다. 헤이리에서 매장을 했을 때 좋은 기억이 많이 남아 있었기 때문이다. 또 무리해서 투자금과 대출금을 받아 진행하는 일이라 서울만큼은 아니지만 지속적으로 가치가 오르고 있는 지역이라는 점도 고려했다. 온전히 내 돈으로 하는 일이 아니었기에 가치가 떨어지거나, 또 물가상승률에 맞춰 가치가 올라가 주지 않으면 힘들어질 터였다.

서울에 도착하자마자 곽 이사님에게 전화를 했다. 그리고 예산에 맞게 헤이리에 남아 있는 가장 작은 땅들 중심으로 몇 개 보기로 했다. 그러고 이삼 일이 지났다. 그러나 날이 다가오자 매물로 나왔던 땅들이 모두 들어가 버렸다. 통일의 기대감으로 땅 주인들이 변심해 버린 것이다. 그런데 아주 작은 삼각 공원이 옆으로 나 있어 미국에 가기 전에 보고 미련을 두었던 땅이 여태 남아 있었다. 이 년 동안 시세가 1.3배 정도 올랐지만, 주인이 팔 의사가 있다고 했다. 희망을 가지고 기다렸던 저녁, 다시 전화가 왔다. 집주인이

1

마음이 변해서 못 판다고. 실망감에 힘이 풀렸다. 같은 공원을 끼고 바로 옆에 있는 땅도 매물로 나와 있었다. 좀 더 넓고 안정감이 있었으나, 사려고 했던 곳보다 1.5배나 큰 땅이었기 때문에 예산을 훨씬 넘어섰다.

이런저런 고민을 하다가, 헤이리에 이미 건물을 가지고 있던 바구니 공방 숙원 언니와 강릉의 오랜 손님이자 사업적으로 많은 조언을 해주었던 진희에게 전화를 했다. 두 사람 모두 우리의 정확한 사정은 모르지만 그래도 가능성이 있고 마음에 꼭 들면 실행해 보라고 했다. 한동안은 힘들겠지만, 노력하고 빚을 갚아 나가다 보면 어느덧 내 것이 되어 있을 거라고 했다. 그래, 한번 해 보는 거야. 용기가 생겼다. 소박하게 시작해 조금씩 성장했던 아버지의 안경 가게 덕분에 우리 가족은 풍족하진 않았지만 큰 롤러코스터 없이 편안하게 성장기를 보냈다. 그 때문에 큰 빚을 지고 일을 저지른다는 것에 저항감이 꽤 컸다. 그러나 꼭 맘에 든 걸 가지고야 말겠다는 욕구가 또 한 번 밀려왔다. 사지 않았던 브루클린 아파트에 대한 후회를 반복하고 싶진 않았다. 그리고 삼 년 전에도 그렇게 사고 싶었던 삼각 공원 옆 땅이지 않은가.

은행에서 대출을 알아본 후 바로 계약하겠다고 곽 이사님에게 전화했다. 다행히 이 땅을 가지고 계셨던 분은 나보다 열 살 정도 많은 합리적인 분이었다. 과한 욕심을 부리지 않고 지금이 팔 수 있는 적기라 생각하신다고 했다. 보람

THU - SUN
11H - 18H
WWW.GUVINTAGESHOP.COM

PULL

도 많은 응원을 해 주었다. 내가 아무래도 무리일 것 같다고 망설이자, 오랫동안 같이 일했던 경민 오빠와 호흡을 맞추어 디자인 커리어도 다시 쌓을 수 있는 기회가 될 거라고 용기를 북돋워 주었다. 큰 액수의 대출, 그리고 미국에 살면서 건물을 지어야 하는 물리적인 한계 등 넘어야 할 산들이 많았으나, 주변의 응원 덕에 잘될 거라는 배짱이 생겼다. 그동안 물심양면으로 도와주셨던 엄마도 무척이나 기뻐하셨다. 엄마는 서울에서 태어났지만, 외가는 함흥에서 전쟁 전에 내려왔기 때문에 북한과 마주 닿은 땅인 파주에 오면 마음이 편해진다고 하셨다. 외할머니의 산소도 파주에 위치해 있다.

헤이리 대지는 내 상황에 비해 이래저래 넘치는 규모였다. 그러나 오픈마켓의 성공으로 괜찮은 매출을 올릴 수 있었고 투명하게 카드와 세금 계산서를 발행했던 게 큰 도움이 됐다. 헤이리 사옥은 시설 투자 대출을 받아 지었는데, 사업을 운영하면서 정확하게 기록하고 세금을 냈던 덕분에 원하는 대출 금액을 받을 수 있었던 것이다.

건축가도 호흡이 잘 맞는 친구라는 점에서 선택했다. 내가 미국에 있어야 했기 때문에 경민 오빠가 행정적인 업무를 많이 처리해 주었다. 일 년이 넘는 시간 동안 행정 과정을 마치고, 거의 매일 카카오톡으로 나눈 설계 대화로 점점 헤이리 건물의 윤곽이 드러났다. 이 토지를 사게 된 가장 큰 이유인, 작은 삼각 공원으로 큰 통창을 내 달라는 것이 나의 가장 큰 요구였다. 입면은 최대한 단순하되, 곡선으로

동적 에너지를 만든 건 건축가의 의도였다. 건축가이기도 하지만, 대학원에서 같이 인테리어를 전공하기도 한 경민 오빠와 머리를 맞대고 내부에 재미있는 공간들을 만들려고 했다. 의미 없이 멋만 부린 공간은 없었다.

헤이리 예술 마을은 옆 건물의 조망권을 중시해서 건물 신축 시 최대한 옆 건물의 시야를 가리지 않아야 한다. 그래서 매스Mass[35]를 일정 각도로 돌렸고, 3층 천창과 2층에서 1층으로 뚫린 공간은 빛이 건물의 중심을 관통할 수 있게 만들었다. 1층에 문이 많고, 두 면의 벽이 완전히 열리게 만든 구조도 내부와 외부의 구분 없이 공기, 빛, 자연경관. 더 나아가서는 창의적인 영감과 열정을 가진 친구들의 에너지가 들어가고 나가는 공간으로 만들고 싶었기 때문이다. 그러한 마음이 설계에 반영되어 결과적으로 상당히 만족스러운 공간이 탄생했다.

이곳에서 앞으로 우리가 추구하던 가치를 나누고자 상상해 왔던 아이디어들을 실현해 보려 한다. 설계에 반영하였듯이 단순히 물건을 판매하는 우리만의 상업 공간이 아닌, 친구, 이웃, 그리고 세상과 소통하는 편견 없는 열린 공간으로 만들고 싶다.

35 건축 용어로 건물의 채워진 3차원 형태를 말한다. 우리말로 하면 덩어리 정도로 해석된다.

남자 대표님인 줄
알았어요

재미있는 에피소드가 있다. 헤이리 GUVS 건물을 지을 대지를 계약할 즈음 일했던 윤성 씨가, 오픈마켓 때 파트타임으로 일할 친구들을 많이 소개해 주었다. 그러면서 친구들에게 아르바이트 장소를 소개하며 대표님이 곧 대지를 사고 건물을 지을 계획이라고 이야기한 모양이었다. 나는 흑석동에서 출근하면서 그 친구들을 중간에 만나 같이 태우고 출퇴근을 했는데, 처음 나를 보고 좀 놀라워했다. 부동산을 계약하고 건물을 짓는 계획을 세우고 운전을 해서 태워다 준다니 당연히 남자 대표일 거라고 생각했던 것이다. 보람과 같이 일을 하지만, 적극적으로 목표를 정하고 꿈을 꾸고 그것을 하나둘씩 실천해 가는 일은 여자 대표인 내가 주도하고 있다. 물론 물리적인 한계도 있지만, 차와 여러 가지 테크놀로지 덕분에 어떤 불편함도 없이 당당히 회사를 운영하고 있다.

이런 일도 있었다. GU에서 2021년에 처음 주최했던 CFDC (Contemporary Furniture Design Competition) 수상작 중에 바로 판매가 가능할 것 같고 문의도 많았던 스튜디오 디오의 지홍 씨와 혜원 씨가 만든 아크릴 책 선반을 매장에서 판매했다. 새 가구를 본격적으로 판매한 건 처음인데 대학교를 이제 막 졸업한 팀의 가구로는 완성도도 높았고 대중성도 있었다. 두 디자이너에게 연락해 상업적인 조언도 건네고 가격 등을 조율해 판매를 시작했다. 우리가 새 가구를 판매하는 것도 처음이고, 첫선을 보이는 브랜드를 100만 원이 넘는 선에서 판매한다는 건 수천 피스의 가구를 취급해 온 숍의 대표이지만 쉬이 느껴지지 않았다. 그럼에도 불구하고 여러 전설적인 디자이너의 빈티지 제품 안에서도 빛나는 제품이기에 판매할 수 있었다. 무엇보다 수익을 떠나 젊은 디자이너의 멘토가 되는 일 자체가 즐거웠다.

그러다 연말에 카카오톡으로 지홍 씨에게 메시지를 하나 받았다. 지홍 씨가 혜원 씨와 헤어져 혼자 '세컨드 룸'이라는 브랜드를 론칭했다고 했다. 가구 디자이너로 취직하려고 이력서를 넣었는데, 가구는 무거운 짐을 많이 나르는 일이 많아 여자 디자이너보다 남자 디자이너를 선호한다는 답변을 들었다고 한다. 그래서 기운이 빠져 있었는데, 가구 쪽에 여자 디자이너들이 많이 없다고, 잘해 보자고 했던 나의 조언이 힘이 되었다는 이야기였다.

물론 공모전을 준비하고 이후 진행 과정에서 여자 디자이너들을 더 지원해 주겠다고 생각해 본 적은 없다. 작품이 좋았고, 대중성이 있었으며 무엇보다 성실하게 임하는 자세에 좀 더 자상하게 챙겨주고 싶었다. 여성 남성이라는 것 때문에 차별을 두고 싶지는 않았지만, 여자 친구들을 만나 이야기하는 과정에서 여성 사업가 선배로서 길잡이가 되어 주고 싶다는 생각이 들었다. 한국이나 미국, 세계 어디든 오랫동안 여성에 대한 사회적 제약이나 편견이 있어 왔고 나 스스로가 그러한 악조건에 부딪혀오며 지금까지 왔기 때문이다.

단순히 같은 여자이기 때문에 더 보호해 줘야 한다거나 우선적으로 이익을 줘야 한다는 이야기는 아니다. 하지만 여러 편견 때문에 힘들어하는 여자 후배들이 편견을 깨고 적극적으로 사회에 진출하는 모습을 많이 보았으면 좋겠다. 그리고 그 과정에 내가 조금이나마 도움이 된다면 더할 나위 없이 기쁠 것이다. 왜냐하면 나도 사회에서 멋지게 활동했던 여성 선배들과 동료들에게 많은 도움과 자극을 받았기 때문이다.

미국 대학원에서 영어를 못하면 열심히라도 하라고 일침을 가하셨던 설명기 교수님, 외국인이고 영어도 원어민만큼 못하지만 항상 재능이 있다며 칭찬해 주고 편의를 봐줬던 퍼킨스 앤 윌의 캐럴린 바로스Carolyn BaRoss, 그리고 이태리에서 건축 공부를 하고 단신으로 뉴욕에 와서 건축·인테리어 회사인 오러 스튜디오Ora Studio를 이끌고 있는 여성 건축가 주지 마스트로Giusi Mastro. 그녀는 내가 주거 인테리어를 배우고 싶어 일 년간 다녔던 회사의 사장으로 내게 취향이 탁월하다며 타협하지 말라고 격려해 주었고, 지금도 SNS로 여자 후배들이 보면 좋을 피드들을 올려 늘 자극을 준다. 그녀뿐만이 아니라 한국에서 GUVS를 이끌어가면서 고민이 있거나 어려움에 부딪혔을 때 손을 뻗어 도움을 청했던 사람들 중에 헤이리 마을의 봄빛을 엮다의 숙원 언니나 강릉의 진희처럼 여자 사장님들도 많았다.

최근에 읽었던 책 중에 와튼 대학교Wharton School of the

University of Pennsylvania 교수 마우로 기옌Mauro F. Guillen이 쓴 『2030 축의 전환』이라는 책이 있다. 이제까지 세계를 움직이던 중심축이 크게 서구 중심의 산업구조에서 아시아 아프리카로 바뀔 것이며, 여성의 사회 진출이 크게 늘어 축이 남성에서 여성으로 바뀐다는 이야기였다. 실제로 미국에서도 여성 창업자에게 여러 가지 혜택을 주는 제도가 많이 생겼고, 기업가들을 다루는 잡지에서도 몇 년째 특집호에 여성 CEO들의 기사가 자주 등장하기도 한다. 꽤 규모가 있는 회사들의 중역이나 대표가 여성인 경우도 심심치 않게 볼 수 있다.

또 여권이 신장됨에 따라 그간 남성의 그늘에 묻혀 있던 여성 디자이너들과 예술가들이 주요 미술관에서 재조명되고 있는 일도 많다. 르코르뷔지에Le Corbusier[36]와 일했던 샤를로트 페리앙Charlotte Perriand[37]이 대표적인 예로, 루이뷔통 뮤지엄Fondation Louis Vuitton에서 대대적으로 전시를 하면서 더욱 알려지고 사랑받게 되었다. 샤를로트 페리앙 외에도 아일린 그레이Eileen Gray[38], 나나 딧셀Nanna Ditzel[39], 바우하우스의 애니 알버스Anni Albers[40] 등 수많은 여성들이 남성 디자이너들과 예술가들과 대등하게 활동하고 좋은 작품을 많이 만들었지만, 그동안 그늘에 가려져 있었다.

매일 붙어 있는 우리 부부는 많이 싸우기도 하지만 이야기를 많이 하고, 그 싸움의 원인이 어디서 오는지 알고 있다. 서로의 불만도 잘 안다. 상처를 아주 깊이까지 건드리기도

36 스위스 태생의 프랑스 건축가. 국제적 합리주의 건축사상의 대표주자로 인간을 위한 건축으로 유명하다.
37 부록 234쪽에 수록.

하지만, 서로에 대한 믿음이나 애정이 없어지지는 않는다. (물론 우리도 언제 어떻게 헤어질지 장담할 수는 없다.)

그러한 믿음이 바탕이 된 건 남자와 여자의 성 역할이 나누어지지 않고, 둘 다 생계를 위해 일을 하고, 동시에 육아와 가사도 같이 해왔기 때문이다. 보람과 나 누구도 다른 사람의 일을 가볍거나 쉽게 보지 않는다. 말도 못하는 아이와 하루 종일 전쟁을 해야 하는 육아가 얼마나 힘든지, 온갖 고초를 겪어도 생계를 위해 참을 수밖에 없는 직장 생활이 얼마나 고역인지, 직접 경험을 해봤기 때문이다. 그 덕분에 머리가 아니라 몸으로 상대방을 깊이 이해하고 있다.

서로를 존중하고 인정하며 남녀를 떠나 모두가 자신의 꿈을 마음껏 펼치는 사회가 오길, 그런 사회를 위해 내가 그리고 GUVS가 좋은 본보기가 될 수 있도록 노력하고 싶다.

38 아일랜드 출신으로 프랑스에서 활동했던 건축가이자 가구 디자이너이다. 초기 모더니즘의 선구자 중 한 사람으로 여겨진다.
39 코펜하겐 왕립예술아카데미에서 공부한 뒤, 부엌 유닛가구와 어린이 가구 등을 만들었다.
40 독일 출신의 여성 예술가로 모더니즘 텍스타일의 대표 디자이너로 평가된다.

함께 걷는 이들을
응원하며

*GU Vintage Shop*은 이름 그대로 주로 빈티지 가구를 소개하는 곳이다. 하지만 2020년 헤이리 공간이 생긴 이후로 다양한 시도를 했고, 대부분 성공적으로 안착했다. 2021년 한 해는 코로나로 우리 부부는 죽 미국에 머무르며, 한 번 한국에 나간 게 전부였다. 대신 직원들과 카톡, 온라인 미팅을 통해 가구 공모전, 순수 미술 설치 전시와 회화 전시회 그리고 위탁 판매 등 새로운 일들을 시도해 보았다. 팬데믹이라는 초유의 상황에서 자주 가보지도 못하면서 욕심을 부려 여러 가지 프로그램을 늘려가는 게 맞는가 하는 생각을 하기도 했다. 그러나 예상보다 모두들 잘 따라와 줬고 (보람과 나는 많이 싸웠지만) 지금까지 꽤 순항하고 있다.

일 년 반 만에 새로울 수도 있는 비즈니스 모델이 잘 자리 잡은 건 모두 구빈티지의 직원들 덕분이다. 대표가 현장에 함께 있지 못하는 상황은 곁에서 보기엔 편할 것 같고 부러운 일이기도 할 테다. 하지만 그만큼 직원들에겐 책임감이 필요한, 어깨가 무거운 일이다. 힘들었겠지만 우리 직원들이 우리보다도 많은 성장을 해준 것 같다. 매니저 영두 씨, 마케팅과 세일즈의 이나 씨, 그리고 아직 학교에 적을 두고 있어 파트타임으로 일하고 있는 지원 씨와 최근에 팀에 합류한 주안 씨. 그리고 컨설턴트로 우리와 함께해 준 정은이. 최초의 풀타임 직원이라 회사 시스템의 기본을 함께 다졌지만 대학원 진학 때문에 짧은 인연으로 그쳤던 영진 씨까지. 그전에 우리를 거쳐 간 예린이, 영재 그리고 오픈마켓에서 열심히 일해준 윤성 씨와 윤호 씨, 현준 씨, 다운 씨 그리고 성룡 씨. 모두가 자기 역할을 200퍼센트 해 주었기 때문에 이 어려운 시기에 많은 일들을 헤쳐 나갈 수 있었다.

둘이서만 일하다가 그것도 먼 거리에서 직원들에게 일을 시킨다는 게 처음부터 쉬웠던 건 아니다. 처음 시스템을 만들 때는 시간도 오래 걸리고 미팅도 많이 해야 했다. 오히려 둘이 할 때보다 진행이 더디고 힘들게 느껴졌다. 특히 미국에서는 하루가 끝나가는 시간에 다시 한국 매장 일을 위해 미팅을 시작해야 했고 중요한 행사가 있을 때는 밤을 꼬박 새는 날도 많았다. 그러나 그런 시기를 지나고, 무엇보다 올해 미국 집에 불이 났을 때 비로소 우리의 시스템이 제대로 작동한다는 걸 알 수 있었다.

컨테이너가 도착해 새로운 물건이 소개되는 행사 날이었는데, 화재 사고로 인해 우리가 미국에서 해줄 수 있는 일이 아무것도 없었다. 그런데 신기하게도 우리 없이 모든 일이 잘 돌아갔다. 그때뿐만이 아니라 이 년 동안 코로나로 자주 가보지 못했음에도 큰 사고 없이 매장 운영과 행사들이 잘 진행되고 있다. 결국 시스템을 만들고 직원들의 기량을 믿어 주고, 오해가 생기기 전에 대화를 통해 잘못된 일들을 고쳐 나갔던 과정들이 지금의 GUVS를 튼튼하게 만들어 주었다.

사실 헤이리 건물을 처음 지을 때는 그저 일 년에 네 번, 하던 대로 오픈마켓을 하면서 그 외의 시간은 주로 공간 대여를 해야겠다고 계획했다. 그러나 우리와 반 세대 차이나 나는 친구들과 같이 일하면서 즐거움을 느꼈고, 많이 배우기도 했다. 그 과정에서 좀 더 든든하고 안정된 직장에서 좋은 것들을 함께 나누는 공동체를 만들고 싶다는 욕심이 생겼다.

살아오면서 리더가 되고 싶은 적도 없었고 자질이 있다고 생각하지도 않았다. 그렇지만 미국에서 회사를 다니면서 돈을 버는 기본적인 목적 이상으로 많은 것들을 얻었다. 물론 당시엔 힘든 일도 많았지만, 지금 생각해 보면 회사에 있는 시간들 대부분 즐거웠고 많이 배웠고, 평생 친구들을 사귀었다. 이제 헤이리에서 그런 회사를 만들어 보고 싶어졌다. 또 헤이리 공간을 디자인하고 건물이 올라가는 것을 보면서, 사람을 품을 수 있는 공간을 만들고 싶다는 욕구가 점점 강해졌다. 가구를 사러 온 분들이건 아니면 지나다가 들른 분들이건 우리의 분위기를 흠뻑 즐길 수 있고 다시 오고 싶은, 두고두고 생각나는 공간이 되기를 꿈꿨다.

아직도 우리 부부에겐 자라나는 아이들이 있어 생계 수단으로서 GU는 중요하다. 하지만 우리 부부가 추구하고 있는 사회적 가치들을 실현하기 위해서도 GU의 역할은 크다. 상업적인 것과 예술적인 것을 떠나 우리와 결이 맞는 다양한 장르의 작업자들과 협업하여 전시를 기획하고, 공모전을 열고 책을 판매하기 시작한 모든 일들이 가치 실현의 과정이기도 하다.

우리가 GU를 통해 실현하고 싶은 사회적 가치가 몇 가지 있다. 그중 첫 번째로 꼽는 것은 바로 '지속 가능한 삶의 실천'이다. 코로나 같은 전염병으로 이제 지속 가능한 삶의 실천이 더 이상 선택이 아닌 필수라는 사실을 깨닫게 되었다. 오래된 빈티지 가구와 잘 만들어진 디자이너 중고 가구 판매라는 우리의 핵심 사업이 곧 지속 가능한 삶의 실천이기도 하다. 거기에 더해 환경을 덜 해치고, 인도적인 방법과 재료로 잘 만들어져 오래 사용할 수 있는 상품들을 지속해서 소개하고 싶다.

다음으로는 GU 빈티지를 중심으로 '창의적인 에너지'를 모으고 싶다. 세기에 걸쳐 잘 만들어진 빈티지 제품들은 현재 일종의 명품으로 각인되었을지도 모른다. 하지만 빈티지 가구들은 단순히 경제적인 가치를 넘어 세상을 조금이나마 바꿔 보고자 했던 창의적인 디자이너들, 건축가, 혹은 발명가들의 노력과 아이디어의 산물이기도 하다. 나는 빈티지를 넘어 이 시대에 그러한 생각을 가지고 있는 한국 디자이너들의 토양이 되고 물이 되는 지원을 해 주고 싶다. 동시대 가구 공모전 (CFDC)은 그런 노력의 첫 시도였다. 2021년에 처음 시작해 첫 회를 성공적으로 마무리했다. 올해도 공모를 진행 중인데 좋은 작품들이 꾸준히 들어오고 있다. 이 일을 오래 해 나가고 싶다.

그리고 '지역 중심의 행사'를 꾸준히 하고 싶다. 파주는 헤이리 GUVS가 있고 상대적으로 오염이 적고 문화 시설이 계속 유입되고 있는 지역이다. 파주가 가진 풍부한 문화 콘텐츠가 오래도록 사랑받고, 지역을 떠나 서울, 한국, 아니 세계에까지 영향을 줄 수 있도록 만들고 싶다. 그러한 꿈으로 지역 작가분들과 가게들, 서점들과 연계해 여러 가지 행사를 할 예정이다.

또한 같은 업계 관계자들과도 협력하여 빈티지 문화를 좀 더 알리고 싶다. 건물을 짓고 직원을 늘려간 지난 이 년간 벅차기도 해서 생전 읽어 보지도 않았던 자기계발서들을 많이 읽었었다. 그중에 기억에 남는 몇 가지 이야기들은 같은 업계 사람들과 지나친 경쟁을 하지 말라는 것이었다. 결국 같은 업계 사람들은 서로가 서로를 홍보해 주는 존재인 동시에 그 분야를 함께 넓혀 가는 동료인 것이다. 특히나 남이 쓰던 물건을 터부시하는 깊은 문화적 편견을 가지고 있는 한국에서 인식이 좋지 않았던 빈티지 가구들이 지금 같은 주목과 대접을 받게 된 건, 다름 아닌 이 문화를 좋아하고 알리려고 했던 동료들의 노력 덕분이다.

결국은 '선한 영향력'을 내 주변 이웃, 사회에 전하고 싶은 욕심이 있다. 큰 규모의 회사가 아니어서 단기간에 가시적인 변화까지는 힘들겠지만, 환경에 대한 교육과 실천, 기부를 끊임없이 해 나가고 싶다. 그리고 잘 만들어진 제품 발굴과 지원을 통해 '사회에 긍정적인 영향을 끼치는 비즈니스'의 선례가 되고 싶다. 그렇게 작게나마 의미 있는 시도를 하며 선순환을 만들어 가고자 한다.

앞에서 이야기했듯이 내외부의 경계를 최소한으로 하고
자 사옥 구조를 계획한 것도, 실내와 실외 구분 없이 공기
와 빛 그리고 자연경관이 유기적으로 연결되었으면 하는
바람에서였다. 더 나아가서는 빈티지 판매에 국한되지 않
고, 가치 있는 일을 하는 친구들의 에너지가 들어가고 나가
는 공간으로 만들고 싶었다. 그러한 바람이 은유가 아니라
조금씩 실체화되어 가고 있다. 올해는 그런 에너지를 좀 더
강하게 만들고 싶다.

동시대 가구 디자인
공모전

포스터 디자인: 곽지원, 예승안, 이규찬

애초에 빈티지 가구에 관심을 갖게 된 건 오래된 물건을 좋아해서이기도 하지만, 디자이너로서 잘 만들어진 가구나 생활용품을 가까이서 보고 즐기고 싶었던 욕심 때문이기도 했다. 수집가나 디자인 애호가가 될 수도 있었겠지만, 지난 십 년간 경제적인 순환이 일어나는 형태로 무수히도 많은 제품들과 작품들을 접할 수 있어 행운이었다. 처음 몇 년간은 수집하고 판매하는 형태로만 빈티지 가구를 접하다가 점차 디자이너로서 제품을 만들어 보면 어떨까 하는 욕심이 났다. 하지만 빈티지 숍을 십 년간 해오는 동안 그 생각은 현실화되지 못했다.

그러다 내가 무언가를 만들어 내는 것보다, 잘하는 사람들을 발견하고 지원해 보면 어떨까 하는 생각이 들었다. 그러는 와중에 보람이 가구 공모전을 해 보는 건 어떠냐고 운을 떼었다. 해 보고 싶었지만, 아직 우리 수준에서 공모전을 개최한다는 것이 비용 면에서도 무리가 있고, 좋은 디자이너들이 응모해 줄지도 미지수여서 망설였다.

나는 어느 정도 현실 가능성이 있다는 전제하에 일을 하는 편이다. 반면 보람은 좋은 아이디어가 있으면 우선 하고 보자는 식이다. 둘 다 장단점이 있다. 내 방법은 실패율은 적으나 실현율이 떨어지고, 보람의 방법은 실패율은 크나, 크게 계획하지 않고 저지르는 편이기에 실패해도 그만, 성공하면 성과가 더욱 크게 느껴진다. (사업뿐 아니라 살아가는 인생관이 그렇다. 성향이 정반대라 항상 이 문제로 싸움이

난다. 그렇지만 우리 부부는 정반합으로 느리지만 항상 좋은 쪽으로 나아가고 있다.)

그렇게 시작했던 동시대 가구 디자인 공모전 CFDC에 생각보다 많은 분들이 멋진 콘텐츠로 응모해 주셨다. 팬데믹 시기에 다른 디자이너들은 무슨 생각을 하고 있는지 알 수 있는 기회이기도 했다. 단기적으로 봤을 때는 공모전으로 인해 재정적으로 힘에 부쳤지만, 많은 분들이 정말 인상적이고 의미 있는 행사라며 격려해 주었다. 영화나 음악 분야와는 달리 아직 국제적으로 알려진 수가 적은 한국 디자인과 디자이너들을 미국에 소개하는 일도 하고 싶었는데, 그 시작이 될 수도 있을 것 같다. 근시안적인 이익을 떠나 하고 싶었던 일들. 남들은 하지 못했던 일들을 실행한 결과는 돈으로 살 수 없는 가치가 있다. 이 모든 시도들이 훗날 우리도 알지 못하는 사이에 커다란 결실이 되어 돌아올 거라 기대한다.

지금 이 시대를 살아나가고 있는, 특히 한국이라는 나라의 디자이너와 작가들은 조금이라도 세상을 편하고 재미있고 의미 있게 만들기 위해 무엇을 고민하고 어떤 생각으로 작품을 만들고 있을까? 세계 소프트파워의 큰 중심축을 만들어 나가고 있는 대한민국. 그 국가 브랜드의 일부분을 담당하고 있는 가구 디자이너들을 가까이서 보고 조금이나마 도움을 드리고 있다는 데 커다란 보람을 느낀다.

'오래되고 낡은 것을
좋아하는 마음'

과연 '빈티지가 무엇인가.'라는 원론적인 질문에 대한 답은 아직도 명확히 정의되지 않았다. 어떤 분들은 빈티지라는 단어가 특정 연대의 품질이 좋은 포도와 숙성이 잘된 와인 브랜드에서 왔기 때문에 가구나 옷도 연대나 디자이너가 뚜렷한 프리미엄에 한정되어야 한다고 한다. 또 어떤 인터넷 사전에는 수집할 만한 가치가 있는 백 년이 넘은 가구나 그릇 등을 앤티크라고 하는 반면, 그 시간에 이르지 못한 물건을 빈티지라고 명명한다.

지극히 내 개인적인 기준으로 빈티지는 1900년대 초반 산업사회 이후로 제작되어 동시대를 넘어 그 이전 세대의 시대상까지도 반영된 물품이라고 생각한다. 그리고 디자이너의 명성이나 만들어진 재료의 가치에 상관없이, 견고하게 잘 만들어져 충실히 세월을 버티어 낸 물건들을 빈티지라고 부르고 있다.

나는 긴 시간 동안 빈티지를 수집하고 판매하며, 그 시대에 왜 이런 제품이 이 재료로 만들어졌어야 했는지, 그리고 왜 사랑을 받았는지에 대한 배경들을 알게 되었다. 그리고 그 이야기들을 사랑하게 되었다. 그래서 오래된 것들에 대한 가치를 알고 사랑하고 소개하는 사람이 되었다. 물론 처음 빈티지를 접하게 된 건 경제적인 이유가 앞섰다. 하지만 점점 이 분야를 깊게 보고 접할수록 새것이 줄 수 없는 장점들이 보이기 시작했다. 지금은 여러 이유로 사용하지 않는 재료나 디테일을 발견하는 경우가 많고, 긴 시간을 버티어

왔다는 사실이 증명하듯 지금 나오는 제품들보다도 견고한 경우가 대부분이다. 또한 빈티지는 희소성이 있어 개인의 개성을 나타내기 좋다. 무엇보다 나는 세월의 흔적이 가득한 낡은 모습 그 자체에 위로를 받는다.

직업은 밥벌이의 수단이자 자아를 실현하는 도구이기도 하다. 현대 인간, 특히 한국인은 자는 시간을 제외하고 대부분 일을 하며 보내기 때문에 행복하게 살려면 무엇보다 일에서 재미를 찾아야 한다. 물론 재미있던 일들도 직업이 되고 일이 되면 재미없어지는 게 현실이다. 나도 사업을 운영하며 가끔씩은 힘들기도 하고, 왜 이런 먼지 구덩이를 뒤지느라 몇천 마일을 돌아다니면서 고생을 할까 하는 생각도 든다. 하지만 오래된 물건들을 보고 있으면 오랜 친구를 만난 것처럼 기분이 좋아진다. 거기에 더해 가구에 숨겨져 있는 이야기들을 찾았을 때는 두 배의 기쁨이 있다.

언제부터 손때 묻은 물건들을 좋아했는지는 모르겠다. 그러나 어릴 적부터 깔끔하게 차려입은, 먼지 하나 나지 않을 것 같은 사람이나 장소보다는, 좀 허름하고 틈이 보이는 사람들과 장소를 좋아했다. 특히 나는 아무리 비싸고 좋은 브랜드의 옷이나 물건이라 해도 엄청난 노력을 기울이지 않으면 금방 헌 것처럼 만들었다. 때문에 깔끔했던 언니는 내가 언니 옷을 훔쳐 입고 제자리에 놓아두어도 귀신처럼 알아차렸다. 그래서인지 이미 상처와 흠이 있어 신경 쓰지 않고 편하게 쓸 수 있다는 건 나에게는 큰 장점이었다.

결국 완벽한 것보다 흠과 상처들이 매력으로 느껴진다는 점이 돌고 돌아 내가 빈티지 가구를 업으로 삼게 된 이유가 아닌가 싶다. 그래서 빈티지 가구에 흠이 있어도 애써 고치려고 하지 않는다. 새롭고 예쁜 천으로 가리고 싶지도 않다. 물론 위생이나 구조적으로 문제가 있으면 바꿔야 하는 게 맞지만, 무리하게 수선하려 하지 않는다. 빈티지 수집가들도 모두 다 새로 갈아 버리는 것보다 오리지널 상태를 지키는 것을 가격이나 수집 면에서 좋게 생각한다.

지금은 빈티지가 세계적인 트렌드로 급부상했다. 상대적으로 공장에서 찍어낸 물건들보다 수량이 많지 않아 가격이 높아져 어쩌다 보니 고급 취향으로 여겨지기도 한다. 하지만 유행하고 있는 아이템 말고도 여전히 매력적인, 그리고 아직 세상에 알려지지 않은 좋은 제품들은 많다. 내가 생각할 때 경제적으로도 합리적이며 미학적인 가치가 있는 제품들을 계속 소개하고 나누고 싶다.

마지막으로 빈티지의 장점을 한 번 더 말하자면, 나는 특히나 빈티지 그 자체가 친환경적인 소비활동이라는 점에 자부심을 가지고 있다. 요즘엔 옷도 가구도 오래 쓰지 않고 빠르고 싸게 만들어져 금세 쓰레기가 되어 버린다. 그 쓰레기는 우리에게 돌아와 나와 우리, 그리고 후세대의 생존을 위협하고 있다. 지구를 위해, 나와 내 가족을 위해 할 수 있는 나만의 환경 보호법 중 하나가 바로 오랜 세월을 견딘 빈티지 제품들을 찾아 즐기는 것이다.

오래되고 낡은 것을 좋아하는 마음이 내 인생을 예상치 못한 삶으로 인도하였듯이, 오래되고 낡은 물건들이 나와 우리를 좀 더 좋은 세상으로 인도하기를 바라며 이 글을 마친다.

The end.

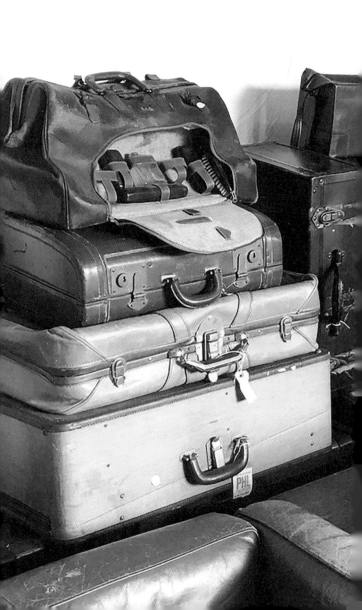

Designer and Brand Background Story

GUVS에서 많이 다루었고, 시대상을 잘 보여주며 디자인사에서 의미가 있는 디자이너와 브랜드를 그들을 대표하는 의자를 중심으로 소개한다.

Eero Saarinen

곡선의 아름다움을 표현한
핀란드 출신 대가, 에로 사리넨

나는 건축가나 가구 디자이너 가운데 에로 사리넨을 가장 좋아해서
GU 빈티지에서도 유독 사리넨의 가구들을 많이 소개했다.
사리넨은 튤립 체어와 JFK 공항 터미널 설계로 유명하다.
그는 19세기 서부로 탐험대를 보내서 서부 개발의 문을 연 미국의
제3대 대통령 토마스 제퍼슨Thomas Jefferson을 기념하기 위해 열린
공모전[1]에 당선된 건축가이기도 하다. 그 공모전은 탐험대가
탐험을 시작한 중부 거점인 세인트루이스Saint Louis에 기념비적인
건축물을 세우는 것을 목표로 했다.

그의 공모 당선작은 지어지기까지 꽤 오랜 시간이 걸렸지만 결국
완성되었다. 바로 그 유명한 세인트루이스의 게이트웨이 아치The
Gateway Arch이다. 일명 세인트루이스 아치는 1960년대에 디자인한
작품이라는 것이 충격적일 만큼 세련되었다. 하지만 획기적인
디자인이어서 당시 사람들이 쉽게 받아들이지 못하는 등 말도 많고
반대도 많았다고 한다.

에로 사리넨의 아버지인 엘리엘 사리넨Gottlieb Eliel Saarinen은
핀란드의 국민 건축가였다. 그는 디트로이트에 크랜브룩 미술
아카데미Cranbrook Academy of Art[2]를 세우고 교장을 역임하며 플로렌스
놀과 찰스 임스 등 많은 디자이너와 건축가를 키워냈다. 그런
유명 건축가인 아버지가 아들과 나란히 아치 공모전에 출품했고,
당연히 당선작은 아들 에로 사리넨이 아닌 아버지 엘리엘 사리넨의
작품이라고 잘못 전해졌다. 그래서 집에서는 아버지를 위해 축배를
들었다고 하는 재미있는 에피소드가 있다.

1 제퍼슨 국립확장기념관 공모 사업
Jefferson National Expansion Memorial
competition

2 미국 미시간주에 위치한 미술학교로
엘리엘 사리넨이 교수로 있었고, 미국
미드센추리 운동을 이끈 에로 사리넨,
플로렌스 놀, 임스 부부 그리고 해리
베르토이아가 모두 이 학교 출신이다.

Womb Chair

엄마의 품으로 돌아간 것 같은, 움 체어

한국어로는 '자궁 의자'라고 해석되는 움 체어는 색감과 안락함 모두 마치 엄마가 품어주는 듯 따스한 의자이다. 예술의 반열에 오를 정도로 수많은 아름다운 가구를 생산한 놀의 여성 대표 플로렌스 놀이 에로 사리넨에게 부탁하여 탄생했다.

플로렌스 놀은 '베개를 가득 채울 수 있는 바구니 같으면서도, 몸을 한껏 웅크린 채 들어가 쉴 수 있는 의자'라는 추상적이지만 감성적인 밑그림을 제시했다. 그리고 새로운 재료와 형태를 찾는 데 열정적이던 사리넨은 그녀의 이상을 현실화하였다.

그는 다양한 실험을 통해 두툼한 쿠션 없이도 편안함을 느낄 수 있고, 어느 방향으로 앉아도 안락한 다면적인 의자를 시제품으로 완성했다. 하지만 개발된 디자인을 현실에 맞게 실체화하여 만들어줄 사람을 찾는 건 쉬운 일이 아니었다. 고심하던 중 플로렌스 놀을 통해 뉴저지에서 파이버글라스fibre glass[3]와 레진resin[4]을 섞어 보트를 만드는 선박 기술자를 소개받았다. 그 선박 기술자는 파이버글라스와 레진을 의자 재료로 응용하는 데 회의적이었다. 하지만 사리넨은 그를 설득해 1946년 마침내 움 체어 대량생산에 성공한다.

움 체어는 다양한 자세로 편안하게 앉을 수 있는 데다 온몸을 포근히 안아주는 안정감과 함께 바깥세상으로부터 보호받는 느낌을 준다. 또 기존의 일차원적이면서도 필요 이상으로 꽉 채워진 라운지체어lounge chair의 틀을 깨고 현대적인 디자인의 새로운 기준이 되었다.

움 체어는 금세 코카콜라를 비롯해 미국 주요 광고에 쓰였고, 미국인들이 사랑한 화가 노먼 록웰Norman Rockwell의 그림에도 등장해 시대의 아이콘으로 떠올랐다. 이후 전 세계적으로 꾸준한 사랑을 받으며 놀의 디자인 클래식으로 자리매김하여 지금도 생산되고 있다.

---

3 알칼리 성분이 적은 유리를 길고 가늘게 만든 인조 섬유. 1,000도 이상의 고온에서도 형태를 유지하며, 내열성, 내식성, 내습성이 뛰어나 단열재, 방음재, 절연재, 여과재, 광통신 용재 따위로 쓰인다.

4 유기화합물 및 그 유도체로 이루어진 비결정성 고체 또는 반고체로 천연수지와 합성수지(플라스틱)로 구분된다. 성형이 자유로운 재료로 홈을 메우거나 특정 위치에 맞는 보형물을 만들 때 사용한다.

사리넨은 회사 여직원이 출산 휴가를 갈 때 당시에도 고가였던 움 체어를 선물해 주었다고 한다. 이 일화만 보더라도 사리넨이 위대한 디자이너이면서도 따뜻한 마음을 가진 사람임을 알 수 있어, 그를 더욱 사랑하게 된다.

Model 72

모델 72

또 다른 디자인으로는 움 체어와 같이 개발된 모델 72가 있다. 당시 움 체어는 모델 70으로 불렸었다. 모델 72는 등이 동그랗게 말려 쿠션을 부드럽게 감싸는 의자로 지금은 이그제큐티브 체어Executive Chair라고 불린다. 모델 72의 등을 보고 있으면 미래를 향한 희망을 품은 게이트웨이 아치가 자연스럽게 떠오른다.

모델 72는 섬유유리 강화 플라스틱을 휘어 만들었으며 같은 기술을 사용한 임스 체어보다 몇 년 앞서 탄생했다. 이 기술을 통해 에로 사리넨은 핀란드 태생 특유의 유기적인 디자인, 그리고 사람을 생각하는 디자인으로 2차 대전 전후를 대표하는 디자이너 중 한 사람이 되었다. 그는 플로렌스 놀과 함께 지금의 놀 사가 있게 한 장본인이기도 하다.

Tulip Chair

최초의 외다리 의자, 튤립 체어

툴립 체어는 에로 사리넨이 놀을 위해 1956년에 디자인한 의자로 군더더기 없는 깔끔한 형태를 유지하면서도 유려한 곡선이 매우 아름답다. 그는 보트 기술자에게서 힌트를 얻은 플라스틱 성형 기술을 응용하여 움 체어를 성공시킨 이후 후속작을 고민하다가, 복잡하고 못생기게만 보였던 의자 다리를 없애고 싶다는 생각을 한다. 조각 기술을 훈련받기도 한 사리넨은 만족할 만한 형태를 찾기 위해 오랜 시간 점토로 많은 모형을 만들고 실험한 끝에 튤립 체어를 완성했다.

그는 사실 일체형 의자를 만들고 싶어 했다. 하지만 플라스틱 받침이 몸통 무게를 받치지 못해 넘어지기 일쑤였다. 그래서 결국 받침은 알루미늄을 흰색으로 도색하여 마치 몸통과 한 재료처럼 보이게 만들었다. 사리넨은 애초에 원했던 일체형 의자를 구현해 내지는 못했지만, 어디에도 없었던 다리가 하나인 아름다운 의자를 탄생시켰다. 그리고 튤립 체어는 지금까지도 많은 사람들의 사랑을 받고 있다.

또한 사리넨은 같은 시대를 풍미한 가구 디자이너 찰스 임스와 어릴 때부터 친구로 지내면서 모마 컴페티션MOMA Competition5에 함께 참여해 우승을 하기도 하며, 그와 작업적으로 많은 영향을 주고받았다. 이후 둘은 미국의 대표적인 가구회사인 놀과 허먼 밀러Herman Miller 사의 운명을 결정지을 정도로 두 브랜드의 인기작을 만들어 내는 경쟁자가 되기도 한다. 그래서인지 이 둘은 서로 다른 개성을 지닌 작품을 선보이면서도, 의자의 편안함을 우선하거나 파이버글라스와 플라이우드ply wood6 등의 다채로운 재료 사용, 또 인체에 꼭 맞는 유려한 곡선을 사용한다는 점 등 공통점이 꽤 많다.

(결론은 '친구를 잘 사귀어야 한다'쯤이 될까?)

5 뉴욕 현대미술관에서 주최하는 가구 디자인 공모전.

6 베니어판을 여러 겹 붙인 합판.

Ray Eames and Charles Eames

세기의 가구를 만든
세기의 디자이너 커플,
임스 부부

레이 임스와 찰스 임스는 크랜브룩 미술 아카데미의 동기로 만나 커플이 되었다. 두 사람은 화가와 건축가라는 각자의 정체성 속에 서로 협력해 가구와 영화 등을 만들어 유례없는 성공을 거두었다.

엘리트를 위한 디자인을 하지 말라.
재미없는 일들을 하지 말라.
내가 할 수 있는 모든 일을 레이는 더 잘할 수 있다.

이런 말로 전 세계 사람들에게 아직도 많은 영감을 주고 있는 이 부부는 지난 1세기 동안 가장 영향력이 있는 의자들을 디자인했다. 또한 전쟁이 끝난 힘든 시기에 창의적인 방법으로 사람들의 삶의 방식을 바꾸는 데 기여했다.

LCW

포테이토칩을 닮은, 사람 몸에 딱 맞는 의자 엘씨더블유

임스 부부는 오랫동안 플라이우드를 구부린 벤트우드bentwood[7]로
의자를 만들려고 시도했다. 그러는 와중에 이들 부부는 2차 대전
당시 부상당한 미국 병사들을 위해 부목을 만들다가 성형 합판
기술을 습득한다. 임스 부부는 여러 번의 실험을 거친 끝에 전쟁이
끝난 1945년 사람 몸에 딱 맞으면서도 간단하고 튼튼하면서도
조형적으로 아름다운 의자를 만들어 냈다.

이 의자를 용도와 다리 재질에 따라서 LCW(lounge chair wood),
LCM(lounge chair metal), DCM(dining chair metal), DCW(dining
chair wood)라고 부른다.

이 의자는 〈타임〉Time Magazine지에서 '20세기 가장 중요한
의자'로 선정되기도 했다. 그 후 아르네 야콥센Arne Jacobsen[8], 에곤
아이어만Egon Eiermann[9] 등 유럽 디자이너들에게도 많은 영향을 미쳐
미드센트리의 멋진 의자들을 탄생시키는 계기가 되었다. 사람의
몸에 맞추어 얇게 구부러진 모습이 포테이토칩과 닮아 포테이토칩
의자라는 애칭을 얻었다.

7 가구용으로 일부러 휘게
만든 목재. 사실 벤트우드
의자의 진짜 선구자는
핀란드의 건축가이자
디자이너인 알바 알토Alvar
Aalto다.

8 덴마크의 건축가이자
디자이너. 코펜하겐 교외
벨라비스타의 주택단지와
오르후스 시청사 등을
설계했다.

9 독일의 건축가이자
디자이너. 제2차 대전 후 독일
건축의 합리주의적 경향을
대표한다. 브뤼셀 만국박람회
독일관, 프랑크푸르트의
네카만 빌딩, 베를린의 카이저
빌헬름 기념 성당, 워싱턴의
독일 대사관 등을 설계했다.

Eames Fiberglass Chair DXS

평범한 사람을 위한 아름답고 편한 의자,
임스 파이버글라스 체어

1950년 임스 부부는 오랜 연구 끝에 평범한 사람들을 위한 훌륭한 디자인 의자를 만들겠다는 염원을 이루었다. 바로 파이버글라스 사이드체어Eames Molded Fiber Glass Side Chair다. 1950년 임스 부부가 디자인한 파이버글라스 체어는 레진과 파이버글라스의 혼합 재료로 만들어져 내구성이 좋은 데다 가볍고 보관이 쉽고, 무엇보다도 조형적인 아름다움 때문에 세계에서 가장 유명한 의자가 되었다.

파이버글라스는 흠집이 생겨도 티가 잘 나지 않고, 청소가 쉬운 데다 오래 사용할수록 아름다워져 빈티지 의자 수집가들에겐 필수 아이템 중 하나로 사랑받고 있다. 이 의자는 암 체어arm chair 가 디자인된 지 1년 후 그 후속작으로 만들어져 학교와 공항 등 관공서에서 두루 쓰였다. 이후 디자인을 사랑하는 모든 이들의 공간에 다목적으로 사용되며 오랫동안 사랑받고 있다.

모델명은 DSX로 Dining Side Chair on X Base의 줄임말이다. 의자의 몸체와 다리 부분을 X자로 연결하는 방법 때문에 붙여진 모델명이다. 1954년 튼튼함과 호환성 때문에 X 모양의 베이스가 H로 바뀌었지만 모델명은 달라지지 않았다. 하지만 파이버글라스가 환경에 좋지 않다는 문제가 제기되면서 이 모델은 1989년을 마지막으로 생산이 중단되었다.

1951–1959년까지 파이버글라스 체어 1세대는 제니스 플라스틱Zenith Plastic 사에서 여섯 가지 색상으로만 제작되었다. 1959–1989년까지는 스물여섯 가지의 다양한 색상으로 생산되었다. 이후 미국 내에서는 허먼 밀러가 배급했지만, 대량생산 체제를 갖추지 못해 다양한 공장들에서 제작되기도 했다. 그래서 허먼 밀러 로고와 더불어 제작 공장을 나타내는 작은 마크를 찾는 것이 수집가들을 열광하게 하는 재미있는 요소 중 하나이며, 그 마크로 생산 연대를 알아내기도 한다.

그 후 파이버 글라스의 환경 관련 문제를 해결하고 2013년부터 3세대 디자인으로 다시 허먼 밀러와 비트라를 통해 재출시되었다. 하지만 세월이 지나면 더욱 멋있어지는 파이버글라스 패턴의 특성상, 빈티지 제품이 수집가 사이에서는 더욱 큰 사랑을 받고 있다.

DKR

가장 친했던 친구와 소송까지 가게 한 디케이알

디케이알은 1951년 임스 부부가 디자인하고 허먼 밀러 사에서 나온 의자이다. 건축가이기도 한 임스는 의자 만들기도 건축에 비유했다. 그래서 디케이알의 다리 또한 에펠탑 모양으로 만들어 에펠 다리라고 불렸으며, 그러한 디테일이 이 의자가 디자인 아이콘으로 사랑받는 이유가 되었다.

이 의자는 파이버글라스로 만들었던 사이드체어의 외형은 그대로 두고 재질만 철망으로 바꾸었다. 디케이알에서 해리 베르토이아Harry Bertoia[10]의 다이아몬드 체어가 연상되기도 하는 건 그가 이 프로젝트에 일정 부분 참여했기 때문이다. 해리는 임스 부부의 약혼반지를 만들어 주었던 친한 친구이기도 했는데, 후에 다이아몬드 체어를 만들며 DKR의 철제 마감 기술을 이용했다. 그로 인해 결국 미국 디자인회사의 두 거물 허먼 밀러와 놀이 소송을 제기하기에 이른다.

[10] 이태리에서 출생하여 미국에서 활동한 디자이너.

1730–1 Armchair
La Fonda Chair

라폰다 체어 1730 –1

라폰다 체어는 일반적인 임스 쉘 체어shell chair[11]보다 생산된 기간이 짧고 생산량도 적어 쉽게 찾아볼 수 없다. 디자인 역시 기존의 모델들과 사뭇 달라 과연 임스의 디자인일까, 갸우뚱하게 된다. 임스 부부는 1955년 처음으로 파이버글라스 쉘 체어를 만들어 낸 데 이어 1961년 새로운 디자인의 쉘 체어를 두 가지 더 선보인다.

그들의 친구였던 그래픽 디자이너이자 레스토랑 운영자 알렉산더 지라드Alexander Girard가 타임 라이프 빌딩에 여는 자신의 새 식당 라폰다델 솔La Fonda Del Sol에서 사용할 의자 등받이가 테이블보다 높지 않은 의자를 만들어 달라고 특별 주문한다. 그 결과물로 임스 쉘 체어 등받이를 눌러 평평하게 만들어 놓은 것 같은 사이드체어와 암체어가 탄생한다. 이런 비화 때문에 라폰다 체어로 알려져 있다.

쉘 부분을 변형하면서 철과 알루미늄 세 부분으로 이루어진 몸체를 주물과 알루미늄 두 부분으로 만들어 좀 더 튼튼하고 우아한 라폰다 다리가 탄생했다. 여기에 더해 우레탄폼 위에 노가하이드Naugahyde[12]라는 특수 비닐을 씌운 후 솔리드 고무로 가장자리 디테일을 살린 새로운 업홀스터리upholstery[13] 시스템도 이때 개발되었다. 이 시기부터 일반적인 임스 쉘 체어도 업홀스터리 시스템이 적용되었다.

[11] 임스 부부가 만든 의자를 지칭하는 단어로 보통 몸통과 다리로 나누어진 의자를 뜻한다.

[12] 실내장식이나 여행용 가방류 따위에 쓰는 모조 가죽.

[13] 가구의 구조나 뼈대가 보이지 않도록 쿠션제를 넣고 천이나 피혁 등으로 외부를 싸는 형태.

Eames Lounge Chair

야구장갑 같은 의자 임스 라운지 체어

임스 라운지체어는 엘리트만을 위한 디자인을 하지 말라고 할
정도로 대중을 위한 디자인을 추구했던 임스 부부가 처음으로
플라스틱이 아닌 합판과 가죽을 사용해 고급형으로 만든
의자이다. 이 의자는 두 사람이 오랫동안 연구했던 합판 시리즈의
결정판이기도 하다.

이 모델은 임스의 친한 친구이자 영화감독이었던 빌리 와일더Billy
Wilder가 "엄청나게 편한 현대적인 모양의 의자가 있었으면
좋겠어!"라고 말한 데에서 착안해 탄생했다. 또한 허먼 밀러에서도
전후의 호황 덕분에 단순히 기본적인 욕구를 만족시켜 주는 것
이상의 고급 제품을 디자인해 달라고 요청했다. 이에 임스는
기존의 나무 흔들의자를 암체어로 현대화시킨 것처럼 잉글리시
클럽 체어English club chair**14**를 현대화시키는 아이디어를 제안한다.
팔 부분을 보면 잉글리시 클럽 체어에서 모티브를 가지고 왔다는
것을 알 수 있다.

1954년 첫 아이디어를 낸 후 이 년 동안 허먼 밀러의 산업
디자이너 돈 앨빈슨Don Albinson과 함께 열세 번의 수정을 거친 끝에
1956년 현재 모습의 라운지체어가 탄생했다.

임스는 이 의자를 만들 때 '1루수의 오래 쓴 야구장갑처럼
따뜻하게 감싸주는 의자를 만들고 싶다'는 디자인 의도를
밝혔는데, 의자를 보면 실제로 야구장갑과 많이 비슷하다. 의자에
앉아 보면 디자이너의 의도대로 따뜻하고 편안하게 몸을 폭 감싸
주어 천하를 다 가진 듯 일어나기 싫을 정도다.

14 영국의 사교 클럽이나 호텔 라운지에서
주로 사용한 클래식한 느낌의 몸체가 큰
의자.

Harry Bertoia, Diamond chair

옛 친구와의 싸움까지 불러왔지만,
결국 아틀리에를 얻게 해준
베르토이아의 다이아몬드 체어

"이 의자의 주된 재료는 공기다. 공간이 의자를 관통하고 있다."

조각가 해리 베르토이아는 다이아몬드 체어를 디자인한 후
이런 시적인 묘사를 남겼다. 결과물은 눈부시게 아름다웠고,
출시되자마자 폭발적인 사랑을 받았다. 그러나 가구가 나오기까지
옛 친구와의 힘겨운 싸움이 있었다.

해리 베리토이아는 미국 미드센추리 디자인을 이끈 디자이너들을
양성했던 크랜브룩 미술 아카데미에서 찰스 임스와 레이 임스,
그리고 플로렌스 놀을 만났다. 해리는 이탈리아 출신으로 금속
작업에 재능이 있었다. 1943년 임스 부부가 플라이우드 시리즈를
만들면서 그에게 캘리포니아에 있는 자신들의 오피스에서 함께
일하자고 제안했다. 이들 부부의 결혼반지까지 만들어 줄 정도로
절친했던 해리는 흔쾌히 수락했다. 이후 해리 베르토이아는 초기
임스 가구의 많은 부분을 같이 발전시켰다. 특히 금속 부분에
관해서는 모든 자문을 맡았다.

그러나 모든 명성이 찰스 임스에게 돌아가자 베르토이아는
실망하여 오피스를 떠난다. 그 후 같은 학교의 또 다른 동기였던
플로렌스 놀의 설득과 금전적, 정신적 도움으로 다이아몬드
체어를 개발한다. 그러나 1951년 임스가 자신과 함께 개발한
이중 철 마무리 공법으로 허먼 밀러 사에서 디케이알 의자를 먼저
출시하고, 결국 놀과 허먼 밀러는 그 기술의 특허권을 두고 소송에
들어간다. 그리고 허먼 밀러가 승소하면서 베르토이아는 그 공법을
사용하지 못했고, 다이아몬드 체어는 대신 두꺼운 하나의 철로
마무리되었다. 그는 의자의 연결 부위가 드러나는 문제를 해결하기
위해 용접 후 많은 연마를 통해 연결 부위를 한 면으로 깔끔하고
부드럽게 만들었다.

한편 해리 베르토이아는 특허권 패소로 자존심을 크게 다쳤다.
그러나 심기일전하여 한층 발전된 디테일과 조각가인 그의
정체성이 확실히 드러나는 명작, 다이아몬드 체어를 만들었다.
다이아몬드 체어는 상업적으로도 큰 성공을 거두어 이후 그는
사이드체어, 버드 체어와 오토만 등등 와이어 시리즈를 연이어
디자인했다. 이들 시리즈는 1952년 다이아몬드 체어가 첫 출시된
이후 지금까지도 놀의 베스트셀러로 사랑받고 있다.

이들 시리즈의 성공 덕분에 이후 해리는 펜실베이니아 시골 공방에서 자신이 정말 사랑하던 금속 조각에 평생 몰두할 수 있게 되었다.

Florence Knoll,
Knoll Credenza

불우한 어린 시절을 딛고
현대 미국 디자인의 대모가 된 플로렌스 놀

플로렌스 놀은 디자인사에서 드물게 언급되는 여성 디자이너 중한 명으로 101세까지 천수를 누리다 2019년에 사망했다. 눈부신영광과 행운이 그녀에게 일찍부터 따랐던 것은 아니었다. 그녀는열두 살에 고아가 되는 불운을 겪었다. 게다가 그녀가 활동했던시대는 여성이 참정권을 얻지 못했을 정도로 여성의 사회 참여가힘들었다. 특히 건축과 가구 산업은 남자들의 세계였다. 플로렌스놀은 그러한 시대적 핸디캡을 이겨내고 세계 최고의 모던디자인가구회사를 성장시켰다.

그녀는 삼대째 독일에서 가구업을 이어 가던 독일계 이민자 한스놀Hans Knoll을 만나 1946년 결혼했다. 이후 디자인과 건축 분야에서활동했던 인맥을 연결해 지금의 놀 사가 있게 했다. 그녀는크랜브룩의 동기이자 절친했던 사리넨과 베르토이아를 독려해튤립 체어, 움 체어, 다이아몬드 체어 등 모던 클래식이 탄생할 수있는 배양지를 제공했다. 또한 영국과 일리노이에서 건축학교를다니면서 인연이 닿은 미스 반데어로에와 마르셀 브로이어의 가구판매권을 얻었다. 그뿐만 아니라 그녀 자신도 미스 반데어로에의영향을 받아 고급스러운 재질과 심플한 라인의 가구를 직접디자인했다.

여자는 디자인 분야에서 단순히 장식적인 요소에만 몰두한다고여겨지던 시기에, 놀은 놀 플래닝 유닛Knoll planning unit[15]을 만들어고급스러우면서도 기능적인 오피스 디자인의 기준을 마련하기도했다. 그녀는 작은 체구에도 무척 열정적으로 살았고, 누구보다 큰야망을 가진 여성이었다.

15 플로렌스 놀이 만든 인테리어디자인시스템.

Marcel Breuer, Wassily Chair Model B3

자전거 손잡이에서 착안된 마르셀 브로이어의
바실리 체어

바실리 체어는 바우하우스의 교수이자 산업디자이너이며
건축가이기도 했던 마르셀 브로이어가 디자인한 의자이다.
이 의자는 자전거 손잡이에서 착안해 금속 봉을 구부려 만든
독특한 형태로 초기 모더니즘의 대표작으로 사랑받고 있다.

프레임만 있어 구조가 들여다 보이는 의자를 만들고 싶었던
브로이어는 몇 개의 구부러진 금속 봉과 몇 개의 천 조각으로
바실리 체어를 완성했다. 그러나 그는 만들어 놓고도 자신의
디자인에 확신이 없었다고 한다. 장인들이 만든 육중한 나무
가구만 진정한 가구라고 생각하던 1926년 무렵, 자전거를 만드는
금속 봉과 캔버스 천으로(지금은 가죽으로 바뀌었지만 처음엔
천으로 만들었다) 의자를 만든 건 혁명적인 사건이었다. 자신
없어 하던 그의 의자를 바우하우스의 선배이자 동료 교수였던
칸딘스키Wassily Kandinsky(몬드리안과 함께 대표적인 추상 화가로
우리가 중학교 미술 시간에 배운 바로 그 칸딘스키다.)가 칭찬했고,
그는 존경하던 선배의 격려에 고무되었다. 후에 이런 역사적
사실을 알게 된 이탈리아의 제작사 가비나Gavina는 칸딘스키의 성을
따라 이 의자에 바실리 체어라는 이름을 붙인다.

제품 생산 초기에 브로이어는 나무를 휘는 기술로 1800년대부터
비엔나 체어 등을 만들어 인기가 많던 토넷Thonet 사에 작업을
의뢰했다. 하지만 이 모델은 2차 대전 후에 저작권이 소멸되면서
그가 디자인한 가구들이 이태리의 여러 공장에서 생산되었다.
그렇게 제작과 판매를 한 여러 회사들 가운데 가비나가 가장 잘
알려져 있다. 이후 1968년 미국의 대표적인 디자인 가구회사
놀이 가비나의 공장을 매입하면서 놀이 공식적인 제조, 판매사가
되었다.

Cesca Chair
Model B32

캔틸레버 진실 공방, 세스카 체어

B32 혹은 세스카 체어라고 불리는 이 의자는 1920년대 마르셀 브로이어가 디자인한 의자로 바실리 체어와 함께 그의 가장 유명한 역작 가운데 하나다. 세스카 체어는 20세기의 가장 중요한 의자로 평가되며 가장 많이 생산된 의자이기도 하다. 마르셀 브로이어가 놀과 계약을 하기는 했지만 특허를 신청하지 않아(캔틸레버[16] 의자를 누가 먼저 발명했느냐는 싸움 때문에 특허를 신청할 수 없었다고 한다.) 아직도 퍼블릭 도메인으로 남아 있다.

즉 마르셀 브로이어의 초기 디자인 원본을 바탕으로 만든 의자는 있지만, 디자인 특허권이 없어 엄밀히 말하면 진정한 오리지널도 카피도 없는 셈이다. 그러나 지금까지 가치 있는 작품으로 인식되는 제품은 디자이너의 허가를 받아 디자인 의도를 충실하게 구현해 만들어진 의자들이다. 그것들은 1920-1950년까지는 토넷에서 만들어졌고 그 이후에는 이탈리아의 가비나에서 만들어졌다. 이때 이름도 B32에서 브로이어의 딸 프란세스카Francesca의 이름을 따 세스카 체어로 바뀌었다. 1968년 놀이 가비나의 공장을 매입하였고 그 후 놀은 디자이너와의 협의하에 디자인 일부를 변경한 세스카 체어를 지금까지 만들고 있다.

16 한쪽은 받침 없이 공중에 떠 있고 다른 쪽 받침으로만 지지되는 외팔보 형태.

Mies Van Der Rohe, Lilly Reich.
Barcelona Chair

귀족이 되고 싶었던 모더니스트 미스 반데어로에,
그런 그를 끝까지 지켜주고 협업했던 릴리 라이히.
그리고 그들의 바르셀로나 체어

최근까지 바르셀로나 체어는 세기의 건축가로 꼽히는 미스
반데어로에가 디자인한 제품이라 알려져 있었다. 그러나 이 의자는
사실 여성 건축가이자 인테리어 디자이너인 릴리 라이히와의
협업으로 탄생한 작품이다.

그녀는 요제프 호프만Josef Franz Maria Hoffmann[17]의 비엔나 공방에서
자수가로 활동했다. 그 후 독일로 돌아와 인테리어디자이너,
윈도디스플레이어, 전시 디렉터 그리고 독일 공예협회의 이사 등
전방위적으로 활동하며 재능을 펼쳤다. 그뿐만 아니라 그녀는
바르셀로나 만국박람회의 독일관 아트디렉터이기도 했다.

그렇게 다재다능했던 그녀는 많은 전시, 디자인 경험을 바탕으로
미스의 대표작으로 알려진 바르셀로나 파빌리온[18]의 성공을
이끌었다. 또한 그녀는 미스가 나치 치하의 독일을 떠나 미국으로
가기 전 십여 년 동안 체코 부르노에 위치한 빌라 투겐트하트Villa
Tugendhat의 건축 설계 등뿐만 아니라 대부분 미스의 디자인이라고
알려진 의자들을 같이 디자인했다.

바르셀로나 체어는 미스의 다른 대표작 몇 개와 함께 빌라
투겐트하트에 처음 배치되었다. 일반인에게는 1929년 바르셀로나
만국박람회의 독일관 전시 때 처음 공개되었다. 당시 열린
형태의 구조와 유리로 된 벽, 그리고 대리석으로 마감된 단순하고
군더더기 없는 독일관은 센세이션을 일으키기에 충분했다.
이 단순하고 고급스러운 공간에 놓일 의자는 같은 톤으로
단순하면서도 우아해야만 했다. 그것이 바로 바르셀로나 체어였다.

일반적인 바우하우스 디자이너들의 이상적인 목표는 '산업
재료로 만들어 기능적이면서도 디자인은 단순해 보통 사람들이
쉽게 사용할 수 있는 가구를 만들고 싶다'였다. 하지만 미스의
디자인관은 다른 바우하우스 디자이너들과는 사뭇 달랐다. 그는
기능에 맞게 형태는 단순하게 디자인했지만, 재료는 가죽과 크롬

18 1929년 스페인 바르셀로나
만국박람회에서 독일관으로 개관된
건축물로, 이후 해체되었다가 반데어로에
17 오스트리아의 건축가로 1899~1936년   탄생 100주년인 1986년에 재건되었다.
빈 공예학교의 교수로 재직했다.

도금된 철을 사용했다. 또한 다리는 고대 왕들의 대관 의자^{Curule} ^{Chair}에서 착안해 X자 형태로 만들었다. 스페인의 국왕과 왕비가 자신의 의자에 앉았으면 좋겠다고 한 미스의 발언에서 알 수 있듯 그의 디자인은 대중성보다는 고급스러움에 맞춰져 있었다.

Le Corbusier, Charlotte Perriand, LC2

현대 건축의 아버지 르코르뷔지에, 그에게 장식가라고
거절당했던 샤를로트 페리앙 그리고
그들의 엘시 시리즈

르코르뷔지에는 현대 건축의 아버지라 불린다. 그는 1927년
독일의 슈트가르트에서 열린 바우하우스의 가구 전시Stuttgart Dwelling
Exhibition를 본 후, 건축과 더불어 그의 이상을 실현할 현대적인
가구를 만들어야겠다는 생각을 한다. 그리고 그해, 프랑스에서
매년 열리던 아트 전시회Salon d'Automne에서 철제 프레임 가구로
꾸민 바를 출품한 여성 건축가 샤를로트 페리앙을 발견한다.
그리고 그녀를 자신의 아틀리에에서 가구와 인테리어를 담당할
디자이너로 채용한다. 사실 샤를로트 페리앙은 진보적인 모던
건축 이론으로 주목받던 르코르뷔지에를 동경해 그의 아틀리에에
이력서를 보낸 적이 있었다. 그러나 여성이라는 편견 때문에
장식가는 필요 없다고 거절당했는데, 이후 그녀의 작업에 반한
르코르뷔지에가 그녀에게 러브콜을 다시 보냈으니, 통쾌한
반전이다.

샤를로트 페리앙은 후에 철의 장인이자 전설적인 디자이너가 된
장 프루베Jean Prouve와도 친해진다. 그를 통해 철이라는 소재를
깊이 이해하게 된 그녀는 르코르뷔지에의 이상을 담은 가구들이
현실화되는 데 실질적인 역할을 한다. 사실 그녀는 창조의
즐거움만을 추구했을 뿐 명예에는 크게 신경 쓰지 않았다.
그녀는 자신과 비슷한 성향으로 르코르뷔지에의 그늘에서 묵묵히
일했던 그의 사촌 피에르 잔느레Pierre Jeanneret와 함께 LC 시리즈
가구들을 만들어 1929년 아트 전시회에 출품해 큰 반향을
일으킨다(이 세기의 거장들도 전시장에 놓을 견본품 만들 돈이
없어 토넷 사가 무료로 제작해 주었다고 한다).

LC 시리즈는 그즈음 르코르뷔지에가 설계한 파리의 빌라 라로슈Villa
La Roche에 놓이기도 한다. LC 시리즈는 당시에도 고가여서
대량생산은 이루어지지 못하다가 1960년대 이탈리아의 하이엔드
가구회사 카시나Cassina 사에서 대량생산을 시작해 지금까지
이어오고 있다. 그중 대표적인 모델인 LC2는 내부에 있던 철제
뼈대를 밖으로 드러낸 혁신적인 구조와, 몇 개의 쿠션으로만
이루어진 기하학적이면서도 군더더기 없는 디자인으로 꾸준히
사랑받고 있다. 그리고 무엇보다도 매우 편안하다. 최근에는
스티브 잡스가 사랑한 의자라고 알려져 다시 한번 대중의 눈길을
끌기도 했다.

Ironrite, Herman A. Sperlich, Health Chair

여성의 노동력 절감을 위해 태어난
아이언라이트 사의
헬스 체어

아이언라이트 사의 헬스 체어는 1930년대 다리미를 사용하는
여성 공장 노동자들과 가정주부들의 올바른 자세와 편안함을
위해 디자인되었다. 사람과 사람들이 사용하는 가구나 물건 등이
가장 효율적이고 기능적으로 상호 작용할 수 있도록 설계된, 즉
인체공학적인 설계가 처음으로 적용된 의자이다. 지금은 많은
디자인 가구들이 당연히 인체공학적인 설계를 염두에 두지만
당시에는 획기적인 시도였다.

생긴 모양이 아담하고 특이해서 이 의자의 탄생 배경을 모른
채 구입했는데, 만들어진 용도가 기특해서 좀 더 애착이 간다.
1900년대 초반 인더스트리얼 제품 제조사였던 디트로이트의
아이언라이트는 1911년 공업용 전기다리미를 출시하고,
1938년 그 다리미를 사용하는 여성들을 위해 헬스 체어를
만들었다고 한다. 뉴욕 현대미술관의 영구 컬렉션이기도 하다.

Yrjo kukkapuro,
Saturn Chair

80세에도 현직으로 활동하는 디자이너
위르여 쿡카푸로의 새턴 체어

위르여 쿡카푸로는 1960년대에 만들어진 새턴 체어를 디자인한
핀란드의 건축가이자 가구 디자이너이다. 얼마 전부터 알바
알토가 설립한 아르텍Artek 사에서 자신의 대표작 카루셀리
라운지체어Karuselli lounge chair를 다시 만들어 판매하기 시작했다.
오리지널 빈티지는 핀란드 가구회사 하이미Haimi에서 제작되었다.

그는 2019년 말부터 3개월여에 걸쳐 국립중앙박물관에서 열렸던
‹인간, 물질, 그리고 변형 핀란드 디자인 10000년› 전시에서 곰
머리뼈와 함께 전시되었던 의자 프레임을 디자인한 주인공이기도
하다. 그는 현재 알토Aalto 대학의 전신인 아테네움Ateneum에 다닐
때 수업에서 들었던 '몸에 기초해 가구를 기능적으로 만들어야
한다'는 철학에 감동해, 몸에 잘 맞는 편안한 의자를 만들겠다고
생각한다. 그리고 자신의 아이디어를 구현하기 위해 자신의 몸을
철사로 감아 석고형을 떠 의자를 만들었다. 그만큼 그는 의자의
기능을 먼저 고려했다. 그래서 그의 의자들은 어떤 의자보다도
편하다는 극찬을 받는다. 지나치게 미래지향적인 외형 때문에 자칫
편하지 않을 거라는 오해가 있지만 실제 앉아보면 매우 편안하다.

그 역시 1960년대에는 임스와 사리넨 등에게 영향을 받은 유럽의
많은 젊은 디자이너들처럼 파이버글라스에 매료된다. 그 후 4년에
걸친 실험 끝에 파이버글라스로 제작한 카루셀리 체어와 새턴 체어
같은 의자들을 만들어 세계적으로 주목을 받는다.

쿡카푸로의 매력은 한 스타일에 그치지 않고 열린 마음으로
항상 그 시대에 맞추어 가구를 디자인한다는 점이다. 1970년
오일쇼크가 있었을 땐 핀란드에서 쉽게 구할 수 있는 자작나무로
곡목가구를 만들었다. 그 후에도 그는 세계정세와 기술 발달에
맞게 늘 새로운 도전에 나섰다. 그리고 80세가 넘어서도 활발히
활동하며 현재는 중국에서 쉽게 구하고 빠르게 자라 친환경
디자인의 대표적인 재료인 대나무로 가구 만드는 일을 컨설팅하고
있다. 그는 그래픽 디자이너인 부인 이르멜리Irmeli 씨와 오십사 년이
넘는 시간 동안 서로 영향을 주고받으며, 핀란드 외곽의 숲에 있는
미래적인 형태의 멋진 스튜디오에서 작업을 이어나가고 있다.

Maya Lin,
Dining Chair

나이, 인종, 성별을 뛰어넘은 인류애.
베트남 참전 용사 기념비를 디자인한
마야 린 그리고 그녀의 다이닝 체어

1981년 미국의 수도 워싱턴에 만들어질 베트남 참전 용사 기념비 공모전이 있었다. 수상자는 놀랍게도 스물한 살의 중국계 이민 2세인 여자 대학생이었다. 그녀의 이름은 마야 린. 그녀는 예술계 엘리트들만 간다는 예일 대학교에서 순수예술을 전공하는 학부생이었다.

미국 하면 자유라는 단어를 먼저 떠올릴 수 있겠지만, 사실 나이가 있는 미국인들, 특히 미국 아저씨들은 보수성에서는 세계 어떤 나라에도 뒤처지지지 않는다. 따라서 참전했다 사망한 이들을 기리기 위한 기념비를 새파랗게 젊은 아시아계, 그것도 여자 대학생의 설계 작품으로 짓는다는 건 당시 상상을 초월하는 일이었다. 현재의 한국 사회에서도 만약 한국전쟁 참전 용사 기념탑을 중국이나 동남아계 이민자 2세 대학생이 설계한다고 하면 쉽사리 받아들일 수 없을 것이다. 그래서 미국의 남성 비평가들과 관계자들은 이 결과에 격분했고, 심지어 그녀를 조롱했다.

그렇지만 오하이오 시골 자연에서 자라고 도예가와 시인의 피를 이어받은 천재 대학생의 작품은 그런 저항을 이길 만큼 아름다우며 시적이고 모던하였다. 동시에 그녀의 작품에는 보는 이가 전쟁의 상흔에 충분히 공감하고 아파할 만큼 깊은 호소력이 담겨 있었다.

이후 그녀는 같은 학교 건축 대학원을 졸업하고 기념비 디자이너와 건축가 그리고 환경 디자이너, 설치 예술가, 가구 디자이너 등 다방면으로 활동하면서 아름다운 작품들을 선보였다. 그렇게 마야 린은 우아하면서도 안과 밖이 단단한 예술가로 성장하였다. 그런 그녀에게 자연은 언제나 영감의 원천이었고, 그녀는 우리를 둘러싸고 있는 환경에 주목하며 자연의 아름다운 선에 매료되었다. 그러한 그녀의 예술 세계를 가장 잘 보여주는 작품으로는 '땅의 모양Topologies'이라는 주제로 매우 큰 스케일로 만들고 있는 자연 조각 시리즈가 있다.

그녀는 가구 디자인에 있어서도 인간, 자연, 환경을 형상화한 제품들을 만들었다. 그 예로 1998년 서른여덟 살의 그녀가 첫아이를 낳은 직후 놀에서 론칭한 가구 시리즈 중 약간 뒤틀린 특이한 형태의 다이닝 체어가 있다. 사람들이 의자에 앉아 자기 주변을 무의식적으로 보게 될 때 몸을 약간 틀어서 주위를 보는 걸 형상화한 작품이다. 현재 이 제품은 단종되었지만, 그녀가 자라면서 모았던 조약돌을 형상화한 페블pebble 시리즈는 지금도 놀 사를 통해서 생산 배급되고 있다.

Frank Gehry,
Hat Trick Chair

앞마당과 뒷뜰에서 건축가의 꿈을 키운
프랭크 게리의 햇트릭 체어

프랭크 게리는 캐나다 출생의 미국 건축가이자 가구 제작자로, 20세기 최고의 건축가 가운데 하나로 손꼽힌다. 그는 놀에서 해트트릭 체어와 페이스오프 테이블Face off table 등의 가구를 만들었다.

프랭크 게리는 하버드 대학원에 재학했지만 여러 가지 이유로 실망만 안고 중간에 뛰쳐나온다. 이 살아 있는 거장에게 가장 큰 영향을 주었던 건 하버드 대학원이라는 타이틀이 아닌, 어릴 적 놀이터가 되었던 할아버지의 철물점이었다. 그는 그곳에서 갖가지 생활 재료들로 가상의 건물과 조형물을 만들며 놀았다.

그는 그렇게 생활 재료에서 많은 영감을 받았는데, 그의 대표작인 곡목가구 시리즈 역시 서양에서 과일을 담아 파는 수제 바구니에서 비롯되었다. 그는 얇은 나무를 엮어 만들어 겉으로는 약해 보이지만 의외로 튼튼한 바구니의 구조에서 가구 제작의 아이디어를 얻었다고 한다.

1977년 프랭크 게리는 샌타모니카의 자택 리노베이션 프로젝트로 건축계의 반향을 일으킨다. 그 집은 철물점에서 쉽게 구할 수 있는 여러 가지 산업 재료로 라우션버그Robert Rauschenberg[19]의 평면을 입체적으로 콜라주한 것 같은 형태였다. 그렇게 유명세가 생긴 이후로 그의 건축물에는 피카소의 입체파 그림 같은 해체적이고 표현주의적인 느낌이 더해진다. 그러한 느낌을 잘 살린 건축물로 독일의 비트라 디자인 뮤지엄(1989) 그리고 체코 프라하의 댄싱 하우스(1996)가 있다. 두 건축물에서도 볼 수 있듯 그는 계속해서 그만의 독특한 스타일을 발전시켰다.

한때 번성했지만 죽어가던 철강도시 빌바오에 1997년 세워진 구겐하임 뮤지엄에서 그의 스타일은 정점을 찍었다. 이 뮤지엄은 각기 다른 모양의 철판들이 날아갈 듯 물 위에 서 있는 모습이 마치 철로 된 아름다운 조각 같다. 그는 이 건축물로 인구 40만이 안 되는 쇠락한 도시를 전 세계에서 해마다 100만 명이 넘는

19 미국의 화가. 오브제를 활용한 추상화, 오브제를 활용한 실크스크린 작업 등 독특한 표현법으로 팝아트의 중심적인 존재가 되었다.

관광객이 찾아오고, 그로 인해 수십억 달러의 관광 수입을 버는 관광도시로 탈바꿈시켰다. 한 사람의 역량 있는 건축가가 도시의 운명을 바꿀 수 있다는 걸 보여주며, 빌바오 효과Bilbao Effect[20], 스타키텍starchitect[21] 이라는 신조어까지 만들어 냈다.

하지만 시간이 갈수록 엇비슷한 스타일이 반복되고 천문학적인 건축비가 민망하게 하자가 생겨 비판도 많이 받았다. 그러나 꿈에 나올 듯 초현실적이고 환상적인 형태들을 현실로 구현했다는 데서 동시대 최고의 건축가라 할 만하다. 90세가 넘은 노장의 최근작은 반갑게도 2019년 가을 한국 청담동에 세워진 루이비통 플래그십 스토어이다.

---

20 특정 건축물이 그 소재지의 이미지나 경제에 큰 영향을 미치는 현상.

21 스타star와 건축가architect의 합성어로 상징적 건물이나 독특한 디자인의 건물을 설계한 것으로 유명해진 건축가를 뜻한다.

Ron Arad,
Tom Vac Chair

알루미늄 청소기에서 착안된 의자
론 아라드의 톰백 체어

톰백 체어는 이스라엘 출신의 산업디자이너인 론 아라드가 1997년 밀라노 디자인페어에서 선보인 의자이다. 이 의자는 이탈리아의 건축 디자인 잡지인 ‹도무스domus›의 의뢰를 받아 밀라노의 한 광장에 전시하기 위해 제작된 것으로, 일명 도무스 토템이라고 불린다. 겹쳐지는 형태의 의자 톰백 체어 100개를 쌓아올려 3층 건물 높이의 조형물을 만드는 프로젝트였다.

평소 론 아라드는 알루미늄으로 된 청소기 모양에 매료되어 있었다. 그는 청소기에서 디자인 요소를 가져와 의자로 만들고 싶어 했고, ‹도무스›의 의뢰는 그가 이 의자를 디자인하는 좋은 핑곗거리가 되었다. 표면의 웨이브는 시각적 재미와 함께 의자의 강도를 높이는 데 기여했고, 중앙의 동그란 구멍에 의자 뒷다리가 들어갈 수 있어 쌓을 수 있다. 장식적인 멋과 기능을 동시에 가지고 있는 이 의자에는 '미와 기능이 상반될 필요는 없다'라는 그의 디자인 철학이 강하게 드러나 있다.

그를 후원했던 비트라의 사장이자 당시 디렉터였던 롤프 펠바움Rolf Fehlbaum이 그의 디자인에 반해, 비트라 오리지널 디자인의 재료인 알루미늄보다 상대적으로 저렴한 플라스틱으로 자신의 회사에서 대량생산을 하자고 제안했다. 그리고 2년 뒤인 1999년, 톰백은 대량생산에 들어가 커다란 성공을 거두었다.

인스타그램에서도 이 의자의 인기가 꽤 높은 편인데, 특히나 반려동물들이 좋아해 이 의자를 볼 때마다 흐뭇하다고 하는 디자이너의 인터뷰를 읽은 적이 있다. 그의 디자인만큼이나 참 유쾌한 아저씨구나 하는 생각을 했다. 톰백이라는 이름은 그의 친한 친구의 이름에서 따왔다고 한다.

Günter Beltzig, Floris Chair

놀이터 디자이너
권터 벨치히가 만든
플로리스 체어

플로리스 체어는 철자에서 유추할 수 있듯 꽃, 그리고 꽃피우다라는 의미의 라틴어에서 온 이름이다. 독일의 디자이너 귄터 벨치히가 1960년대의 평화롭고 풍요로운 사회상을 반영해서 디자인했던 의자이다. 그는 전쟁 후 전에 없던 기술 개발로 우주로 비행사를 보내고 베트남도 종전을 향해가는 등 인류의 미래가 한없이 밝게만 보였던 시대에 어울리는 의자를 만들고 싶어 했다.

어린 시절 숫자를 잘 읽지 못하는 등 학습장애가 있었던 그의 꿈은 우주선을 개발해 선생님과 부모님을 피해 지구를 벗어나는 것이었다. 그는 어른이 되어서도 어릴 적 꿈을 간직한 채, 어른들이 만들어 놓은 세상에서 탈출할 수 있는 놀이터를 디자인하기도 했다. 이후 그는 우주선은 개발하지 못했지만, 어찌 보면 사람과 우주인의 중간처럼 보이는 의자를 개발했다.

플로리스 체어는 1967년에 디자인되고 1968년에 독일 쾰른에서 열린 가구 박람회에 선보여 미국 딜러들의 주목을 받았다. 그러나 생산상의 어려움으로 1970년대까지는 작가의 스튜디오에서 대략 50개 정도만 생산되었다.

대량생산은 실현되지 못했지만 목, 척추, 엉덩이를 닮아 몸에 꼭 맞게 받쳐 주는 인체공학적 디자인과, 가벼우면서도 쌓을 수 있게 만든 디자인상의 시도는 꽤 가치 있었다는 생각이 든다. 또한 사람 몸과 외계인을 닮은 듯한 매력적인 조형성은 컬렉터들의 사랑을 받아 플라스틱 계열로 만들어진 의자로서는 경매에서 최고가로 낙찰되고 있으며, 세계 유수의 박물관에도 전시되고 있다.

그 인기에 힘입어 1990년 독일의 갤러리 볼프강 에프 마우러Galerie Wolfgang F. Maure와 함께 100개의 한정 수량을 재생산했다(그러나 여전히 전 세계에 150개밖에 없는 극도로 희귀한 아이템이다). 사진 속의 의자는 스티커(우주선 비행 물체 모양의 스티커로 디자이너의 어릴 적 꿈이 반영되어 있는 듯하다.)가 있는 제품으로 1960–1970년대 사이에 만들어진 것으로 추정된다.

Verner Panton, Panton Chair

일체형 플라스틱 의자를 만든
덴마크의 이단아 베르네 팬톤의
팬톤 체어

에로 사리넨은 몸통과 다리가 일체형으로 된 플라스틱 의자를
만들고 싶어 했지만 그 열망을 이루지 못했다(튤립 체어는
보기와는 다르게 플라스틱 탑에 알루미늄 베이스다).

이 열망을 현실화한 것은 바로 덴마크의 이단아(산업 소재를
사용했던 아르네 야콥센과 함께 덴마크의 나무 거장들에게 곱지
않은 시선을 꽤 받았다고 한다.) 베르네 팬톤Verner Panton의 팬톤
체어다.

팬톤 체어는 일체형으로 만들어진 최초의 플라스틱 의자로 허먼
밀러 소속 디자이너의 가구들을 라이센스만 얻어 유럽 내에서
배급하던 비트라가 처음으로 자사의 디자이너와 함께 연구
개발해서 만들어 낸 첫 의자이기도 하다. 형태와 느낌은 전혀
달라도 1920년대에 등장한 세스카나 미스의 칠봉 캔틸레버 체어의
맥을 잇는 의자이기도 하다.

1950년대 베르네 팬톤은 포개어져 있는 플라스틱 양동이를 보고
영감을 받아 팬톤 체어의 프로토타입을 만들었다. 그러나 여러
가지 기술적인 문제로 대량생산을 현실화하지는 못했다.

하지만 1965년 그에게 비트라의 펠바움이 공동 연구를 제안한다.
펠바움은 세상에 없는 것들을 만들기를 꿈꾸는 디자이너와
건축가들에게 아낌없이 투자해 왔는데, 팬톤을 비트라 본사와
가까운 스위스 바젤로 이사하게 해서 공동 연구를 진행한다.

1967년 드디어 파이버글라스로 강화된 첫 팬톤 체어가
대량생산되었다. 그 후 몇 가지의 구조적, 경제적인 이유로 다른
플라스틱으로 네 번 교체되었다. 지금은 폴리우레탄으로 만든 고급
버전과 텍스처가 있는 폴리프로필렌으로 만든, 무게와 가격 모두
가벼운 보급 버전 두가지로 생산되고 있다.

사진 속의 체어는 1975년까지만 생산되었던 허먼 밀러 사 로고가
새겨진 제품으로 폴리스티렌으로 만들어졌다. 이 재료로 만들어진
팬톤 체어의 구조적인 문제는 해결되지 못해 뒷부분에 갈비뼈 같은
받침이 있다.

Alvar Aalto,
Aalto Chair 66

핀란드 하면 생각나는 자작나무, 사우나,
그리고 온건한 모더니스트 알토 부부

핀란드가 낳은 세계적인 건축가이자 산업디자이너 알바 알토는
기능을 위한 형태만 남긴다는 모더니즘 원칙에 충실했다. 동시에
주변에서 쉽게 구할 수 있던 자작나무로 만든 얇은 합판을 여러 장
겹쳐 구부린 벤트우드 공법을 가구에 상용화하여 간결하면서도
따뜻함과 자연스러움을 잃지 않은 세기의 명작 가구들을 제작했다.
그의 가구들 대부분이 1920–1930년대에 디자인되어 지금까지도
널리 사랑받고 있으며, 알바 알토 자신이 설립한 핀란드의
아르텍 사에서 생산되고 있다.

알바 알토는 현대 건축의 거장으로 꼽히면서도 위대함이란
단어보다는 친숙함이라는 단어가 더 잘 어울린다. 그는 산업혁명의
영향으로 모두들 기능주의건축과 공업적인 재료만을 선호할
때, 여전히 벽돌과 나무 등 주위에서 볼 수 있는 고전적이고도
자연적인 재료들을 사용했다. 그러면서도 비대칭적인 건물 디자인,
평평한 지붕, 캔틸레버 구조물의 사용이나 벤트우드 발명 공법
개발 등 진보적이고 새로운 기술을 발전시켜 모더니즘의 선구자로
사랑받고 있다.

특히나 곡목 기술과 자작나무를 사용한 유기적인 가구 디자인은
임스와 에로 사리넨 그리고 아르네 야콥센에 이르는 현대 가구
디자인 대가들에게도 큰 영향을 주었다. 또한 알토는 가구
디자인에 있어서는 임스 부부만큼이나 부인 아이노Aino와 많은
부분을 함께 작업하고 명성을 나누어 가졌다. 그의 가구에서
딱딱 떨어지는 모던함 속에서도 따뜻함이 느껴지는 이유가 바로
파트너와의 좋은 교감 덕분인 것 같다.

빈티지 알토 가구들은 자작나무가 노랗게 태닝된 모습이
예뻐서 컬렉터들 사이에서 인기가 많고 그만큼 가격도 비싸다.
1970년대에도 알토 가구들은 미국에서 꽤 핫한 제품이어서,
미국에서 꼭 가져야 할 홈 브랜드가 될 거라는 기사가 ‹뉴욕
타임스›에 실렸다. 미국에서는 ICF라는 곳이 독점 계약 판매를 했기
때문에 아르텍 마크 대신 ICF 마크가 붙어 있는 경우가 많다.

Norman Cherner, Cherner Chair

잘록한 허리 뒤에 숨겨진 정의,
노먼 체르너의 체르너 체어

아찔하게 잘록한 허리의 플라이크라프트Plycraft**22** 사의 체르너 체어는 1958년에 디자인되고 70년대 초에 단종되었기 때문에 갤러리나 박물관 혹은 컬렉터들만 가지고 있다. 멋진 의자의 라인만큼이나 정의Justice에 대한 흥미로운 비하인드 스토리 역시 가진 의자이다.

합판과 프리패브 하우스Prefab housing**23**의 선구자인 미국인 건축가 노먼 체르너Norman Cherner는 2차 대전 후 어떻게 하면 일반인들이 저렴한 비용으로 양질의 라이프스타일을 향유할 수 있을까 많은 고민을 했다. 그가 내린 결론은 합판 가구와 미리 만들어진 집을 집터에 옮기는 프리패브 하우스prefab house시공이었다. 실제로 그는 처음으로 완성한 프리패브 하우스에 직접 살기도 했다. 그러나 그 시도는 상업적으로 성공하지는 못했다.

그를 유명하게 만든 건 플라이우드 체어였다. 허먼 밀러의 디렉터로 있었던 조지 넬슨George Nelson이 자신이 디자인했으나 가격과 안정성 때문에 대량생산에 실패한 프레츨 체어Pretzel chair를 체르너에게 다시 디자인해 보라고 제안한 것이다. 넬슨의 프레츨 체어를 한동안 만들었던 플라이크라프트 사는 이미 플라이우드 체어의 대량생산 체계를 갖추고 있었다. 이후 넬슨은 체르너와 플라이크라프트를 연결시켜 준다. 1958년 체르너는 합리적인 가격으로 대량생산이 가능하며 안정성이 있고, 조형적으로도 훌륭한 디자인을 만들어 내었다. 그러나 플라이크라프트의 사장은 이 프로젝트를 없었던 일로 하자고 한다.

그 후 몇 년이 흐른 어느 날, 뉴욕의 한 가구 쇼룸에서 자신의 의자가 전시되어 있는 걸 보고 체르너는 매우 놀라고 분노했다. 의자에는 플라이크라프트 사의 라벨이 붙어 있고, 디자이너는 자신이 아닌 버나드Bernard라는 이름이 쓰여 있었기 때문이다. 디자인 로열티를 지불하기 싫었던 플라이크라프트의 사장이 체르너를 속이고, 가짜로 지어낸 이름이었다.

---

22 미국 매사추세츠주에 있는 가구 제조 회사.

23 부재(部材)를 공장에서 만들어 현장에서 조립하는 조립주택.

게다가 1961년 유명한 잡지 ‹새터데이 이브닝 포스트Saturday Evening Post› 커버에 미국인이 사랑하는 화가이자 일러스트레이터 노먼 록웰이 체르너 의자에 앉아 작업하는 ‹Artist at Work›라는 그림이 실리자 의자의 인기는 치솟는다. 배신감과 억울함을 느낀 체르너는 플라이크라프트 사를 상대로 소송을 걸고, 결국 이긴다. 그때부터는 1970년대 초에 제품이 단종될 때까지 체르너는 로열티와 크레디트를 모두 보장받았고, 제품에는 그의 이름이 붙여져 판매되었다. 어떻게 보면 당연한 이야기이지만, 워낙 디자인 업계는 도용이 심하고, 힘이나 돈이 없는 혹은 순진한 약자가 당하는 경우가 많아 흔치 않은 '을'의 승리로 끝난 훈훈한 이야기이다.

플라이크라프트 사는 1990년대에 문을 닫았다. 그러나 체르너 체어는 그의 두 아들이 2000년대에 더 체르너 체어 컴퍼니The Cherner chair company를 설립해 다시 생산하고 있고, 테이블까지 추가로 디자인해 아버지의 디자인 유산을 널리 알리고 있다.

Alberto Meda, Meda Chair

엔지니어 출신의 디자이너 알베르토 메다가 만든
사무용 의자 메다 체어

메다 체어는 기계공학을 전공한 엔지니어 출신의 디자이너 알베르토 메다Alberto Meda가 디자인한 의자이다. 인상 좋은 동네 아저씨 느낌의 메다는 투명한 플라스틱으로 독특한 가구들을 만들어 온 카르텔Kartell 사의 기술 개발자로 커리어를 시작했다. 후에 디자이너로 독립해 유럽의 유수한 디자인 회사와 작업했다.

이후 비트라의 대표 롤프 펠바움의 눈에 띄어 오랫동안 비트라의 오피스 가구를 디자인했다. 메다 체어는 그중의 대표작이다. 그는 의자를 만들 때 엔지니어 출신답게 편안한 착석감을 중시했다. 하지만 기능성뿐만 아니라 아름다운 형태도 소홀히 하지 않았다. 메다 체어는 메시 소재의 탄성이 있는 등받이가 인체에 맞게 자연스럽게 변형된 곡선이 아랫부분까지 매끄럽게 연결된다. 또한 1900년대 초반에 사무용이나 공장에서 사용하던 의자들에 적용되었던 뒤로 젖혀졌다가 돌아오는 기능을 메다 체어에 차용하여 장시간 앉아 있을 경우 허리가 경직되는 것을 예방하기도 했다. 알베르토 메다의 대표작으로는 1.8킬로그램밖에 나가지 않는 정말 가벼운 의자 라이트라이트 체어Light Light chair와 카르텔 사의 폴딩 사다리 등이 있다.

Vico Magistretti, Selene Chair

이태리의 레오나르도 다빈치
비코 마지스트레티의
셀레네 체어

셀레네 체어는 2차 대전을 겪고 휴머니즘에 입각한 디자인으로 많은 건축물과 산업디자인 제품을 남긴 이탈리아의 거장 비코 마지스트레티Vico Magistretti(이클립스 램프eclipse lamp로 대중적으로는 많이 알려져 있다.)의 작품이다. 1960년대 급격히 발전한 신소재인 플라스틱에 비코도 흥분하기는 마찬가지였다. 하지만 그는 과장되고 파격적인 디자인으로 시각적인 흥미를 끌기보다는 합리적인 접근으로 기능성과 우아함을 추구했다.

그는 여러 부분으로 나뉘었던 의자를 하나로 만들고 아주 얇은 다리를 S자로 굽혀 코어 없이도 튼튼하게 사람의 무게를 충분히 받칠 수 있게 디자인했다. 아름다움과 기능성을 동시에 갖춘 이 다리는 셀레네 체어를 독보적으로 만들었고, 이 작품은 뉴욕 현대미술관의 영구 소장품이 되었다. 이후 지속적인 사랑을 받았지만, 지금은 조명 브랜드로만 알려져 있는 제조사 겸 판매사인 아르테미데Artemide 사가 80년대 조명 산업에만 집중한다는 결정으로 가구 라인을 정리하면서 단종되는 불운을 겪었다.

David Rowland, 40/4 Chair

다이애나 왕비의 결혼식 하객 의자로 사용된
데이비드 롤런드의 40/4 체어

40/4는 미국 인더스트리얼 디자이너인 데이비드 롤런드가 만든 의자이다. 1950년대 후반 만들어진 이 의자의 40/4라는 이름은 '40개의 의자를 4피트(1.2미터) 높이로 쌓을 수 있다'라는 의미이다.

이 의자가 만들어지기 전 교육기관이나 예배실 등 많은 사람들이 모이는 장소에서는 보통 폴딩 체어가 사용되었다. 폴딩 체어는 사용하지 않을 때 여러 개를 좁은 장소에 보관해 두기는 편했지만, 의자가 반드시 갖추어야 하는 안락함이나 조형적 아름다움은 포기해야만 했다.

폴딩 체어의 대안으로 만들어진 40/4 의자는 조형성, 안락함을 포기하지 않으면서도 스태킹stacking, 즉 겹쳐 쌓아 올리는 방법으로 공간 절약을 가능하게 만든다. 조형성, 안락함, 효율성을 갖춘 이 의자는 1964년 유명한 건축 디자인 회사 스키드모어, 오윙스 앤 메릴Skidmore, Owings & Merrill의 시카고 대학 프로젝트에서 1만 7,000개를 주문받은 이후 인기를 누리며 밀리언셀러를 기록하고 있다. 그리고 뉴욕 현대미술관의 영구 소장 목록 중 하나가 되었고, 지금까지도 세기의 디자인 아이콘 중 하나로 사랑받고 있다.

40/4는 심플하고 단순해 클래식함과는 전혀 어울리지 않을 것 같지만, 런던 성베드로성당에서 열렸던 찰스 왕세자와 다이애나비의 결혼식 하객 의자로 쓰이기도 했다. 스타일은 달라도 그 엘레강스함이 통했던 걸까.

Eero Aarnio,
Pastilli Chair

장난감 같은 의자,
이에로 아르니오의 파스틸리 체어

이에로 아르니오는 80세를 훌쩍 넘은 나이에도 장난기 가득한
표정을 간직한 핀란드의 가구 디자이너이다. 수년간 세계에서
가장 행복한 나라 1위로 뽑히는 배경의 저력 때문인지 핀란드에는
오랫동안 활동하는 디자이너가 많은데, 이에로 아르니오 또한
쿠카푸로와 더불어 핀란드를 대표하는 장수 디자이너이기도
하다. 그가 디자인한 가구들은 동심을 간직한 그의 표정처럼 얼핏
장난감처럼 보이기도 한다.

그는 가구 재료로 산업 소재를 많이 사용하면서도, 자연에서
모티브를 찾는 전 세대의 핀란드 디자인 정신을 계승했다.
자신의 집에 놓을 생각으로 1963년에 디자인한 볼 체어Ball chair가
대중적인 인기를 얻고, 1968년 사진 속의 파스틸리 체어(파스틸
체어Pastil Chair 또는 자이로 체어Gyro chair라 불리기도 한다.)로 미국
산업디자이너상American Industrial Award을 수상해 세계적인 명성을
얻는다.

파스틸리 체어는 파이버글라스로 강화된 플라스틱으로 만들어져
실내와 실외에서 모두 사용 가능하며 아랫부분을 비롯해 몸체가
모두 곡선으로 처리되어 보기와 다르게 흔들의자 기능이 있다.

그에게 명성을 안겨준 볼 체어와 천장에 매다는 투명한 반구
모양의 버블 체어Bubble Chiar는 그 미래지향적인 디자인 덕분에
SF 영화나 잡지 등 여러 매체에도 많이 등장해 대중에게 친근하다.

Anna Castelli Ferrieri, Polo chair

플라스틱 왕국의 여제,
안나 카스텔리 페리에리와 카르텔

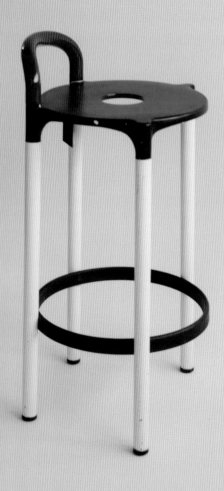

자동차나 산업 현장에서 쓰였던 고급 플라스틱을 가구에 접목해
리빙 산업 전반을 바꾼 회사가 있다. 반세기에 걸쳐 아름답고
실용적인 그리고 이태리 디자인 특유의 세련미로 디자인 업계를
풍미한 카르텔Kartell 왕국이 바로 그곳이다. 이번 이야기의 주인공은
바로 그 카르텔을 공동 설립하고 다양한 디자인에 참여하여 카르텔
왕국의 여제라 불린 안나 카스텔리 페리에리Anna Castelli Ferrieri다.
그녀는 화학자였던 남편 줄리오 카스텔리Giulio Castelli와 1949년
카르텔 사를 공동 설립했다.

안나 카스텔리 페리에리는 여자들의 사회 활동에 많은 제약이
있었던 1918년에 태어나 여성으로는 처음으로 밀라노 공대
건축과를 졸업했다. 그 후 미술잡지의 저널리스트, 디자이너,
크리에이티브디렉터 그리고 건축가로 다방면에 걸쳐 활동했다.

그녀는 사회 활동을 하면서 여성이기에 많은 제약을 겪었다.
무엇보다 자신의 커리어를 이어가는 동시에 가정주부와 엄마
역할도 해야 했기 때문에 무척 힘들었다고 토로한 적이 있다.
그럼에도 그녀는 카르텔 본사 건물 설계 등 굵직한 건축 작업과,
수납장 콤포니빌리componibili(1969년에 디자인되어 여전히 많은
이들의 사랑을 받으며 판매되고 있다.) 등의 클래식이 된 가구 설계,
강연, 그리고 페미니스트 운동에도 참여했다.

안나는 말로 그치지 않고 행동으로 보여준 여성 선구자였다.
그녀의 모든 업적을 제쳐두고, 그 시대에 이런 아방가르드한
가구를 디자인했다는 데 감탄하지 않을 수 없다. 사진 속의 의자는
그녀가 1970년대 후반 디자인한 폴로 의자 4823Polo Stool 4823로
지금은 단종되어서 빈티지로만 만나볼 수 있다.

Arne Jacobsen, Series 7 Chair

덴마크 수공예 전통을 무너뜨리고
세계적으로 우뚝 선 디자이너
아르네 야콥센의 세븐 체어

아르네 야콥센은 1955년에 임스 부부의 벤트우드 체어에 영향을 받아 시리즈 7 체어를 디자인했다. 그는 단순히 영향을 받은 것에 멈추지 않고, 한 발 더 나아가 임스 부부와 에로 사리넨의 체어들도 피할 수 없었던 문제를 해결했다. 벤트우드가 휘어지면서 곡면이 쪼개지는 문제를 해결한 것이다. 결국 그는 처음으로 일체형으로 만들어진 벤트우드 의자를 상용화했다.

덴마크는 수공예 가구 전통이 깊어 벤트우드와 철제로 된 가구를 대량생산하는 데 많은 걸림돌이 있었다. 하지만 그는 자연에서 모티브를 따오면서도 과감하게 수공예 전통을 버리고 미국에서 도입한 기술과 신소재를 사용하고 발전시켰다. 그 결과 대중들이 가장 사랑하는 세계적인 디자이너 중 한 명이 되었다.

세븐 체어는 임스 체어와 더불어 세계에서 가장 많이 모방된 의자이기도 하다. 사진가 루이스 몰리Lewis Morley가 찍은 유명한 영국 모델 크리스틴 킬러Christine Keeler의 사진에 세븐 체어가 등장해 판매량이 급증했다고 한다. 하지만 사진에 사용된 의자는 복제품이었다는 재미있는 일화가 있다.

그는 세븐 체어의 성공으로 앤트 체어Ant chair, 그랜드 프릭스Grand prix 등 형태는 다르지만 같은 콘셉트의 일체형 벤트우드 가구를 잇달아 출시하고, 이 제품들은 모두 성공을 거둔다. 그렇게 아르네 야콥센은 철제 다리와 합판, 두 재료만으로 조형적으로 완벽한 의자를 만들었고 상업적으로도 성공했다. 그 후에도 그는 스완 체어Swan Chair, 에그 체어Egg Chair 등 디자인 클래식을 연이어 만들었다.

스완 체어 역시 사리넨의 튤립 체어나 움 체어 등에 많은 영향을 받았지만, 그 자체로 조각적인 완성도가 뛰어나 많은 사람들의 사랑을 받았다.

Lella Vignelli and Massimo Vignelli, Handkerchief Chair

미국 그래픽 신을 다시 쓴 비넬리 부부의
행커치프 체어

미국의 대표적인 가구회사 놀은 창립자 한스 놀과 그의 부인이자 당시 쟁쟁한 건축가들과 어깨를 나란히 했던 플로렌스 놀의 역량으로 세계적으로 가장 영향력 있는 가구회사로 성장했다. 놀이 성공하는 데는 창립자 두 사람의 뛰어난 능력뿐 아니라, 심플하면서도 고급스럽고 원하는 바를 직관적으로 말해주는 놀의 브랜딩이 중요한 역할을 했다.

1970년대부터 놀의 브랜딩을 도맡았던 디자이너는 뉴욕의 지하철 지도로 유명한 마시모 비넬리Massimo Vignelli와 렐라 비넬리Lella Vignelli이다. 밀라노의 건축 대학교에서 만난 이 부부는 임스 부부만큼이나 서로를 지지하면서 그래픽디자인에서부터 인테리어, 가구 디자인에까지 여러 방면에서 활동하며 디자인 업계 전반에 큰 영향을 주었다.

그래픽디자인으로 시작했던 비넬리 부부의 회사는 1970년대 산업 디자인과 가구 디자인 회사로 모습을 바꾸면서 놀을 비롯한 유럽의 다양한 회사와 협업했다. 사진 속의 의자는 1983년 데이비드 로David Law와 함께 디자인하고 놀에서 제작한 제품이다. 허공을 나는 듯한 손수건 모양의 행커치프 체어handkerchief chair는 하늘거리는 아름다운 외형과 달리 플라스틱으로 만들어져 매우 탄탄하다. 사람 몸에 꼭 맞는 곡선으로 매우 기능적이어서 비넬리 부부의 그래픽 작업만큼이나 사랑받는 가구이다.

비넬리 부부는 사망할 때까지 오십 년 이상을 같이 일하며 많은 작품을 남겼다. 두 사람은 죽기 몇 년 전 자신들의 아카이브를 미국의 로체스터 공대에 기부했다.

Gerrit Rietveld, Red Blue Chair

순수한 추상성과 보편성,
헤리트 리트벨트의 레드 블루 체어

추상미술의 대표적인 화가 몬드리안이 속했던 네덜란드의
데스테일De Stijl²⁴이 벌였던 근대화 운동은 그 시간은 짧았지만
영향력만큼은 강력했다.

신플라톤주의²⁵에 영향을 받은 신조형주의자들은 영적인 조화와
질서가 담긴 새로운 유토피아적 이상을 표현할 방법을 모색했다.
그리고 순수한 추상성과 보편성을 지지했다. 그 방법으로 수직과
수평으로 시각적인 구성을 단순화하였고, 검정과 흰색 그리고
원색만을 사용했다. 추상화의 거장 피트 몬드리안Piet Mondrian의
작품을 생각하면 금세 이미지가 떠오를 것이다. 수평선과 수직선,
그리고 그 선들이 만들어 내는 기하학에 기초한 각기 다른 크기와
비율로 된 직사각형. 그 직사각형을 채웠던 빨강, 노랑, 파랑 원색.
이러한 몬드리안의 그림은 후대 여러 모더니스트 화가, 디자이너,
건축가들에게 큰 영향을 주었다.

몬드리안과 함께 데스테일운동의 주축이 되었던 화가이자
디자이너, 그리고 이론가인 테오 판뒤스부르흐Theo van Doesburg는
후에 예술 및 건축 교육으로 정평 난 독일 바이마르의 조형학교
바우하우스에 합류했다. 그리고 러시아 구성주의²⁶와 함께
데스테일을 바우하우스 비(非)교과과정에 포함시켜, 그전엔
신비주의적인 색채가 짙었던 바우하우스가 근대 운동의
아이콘으로 부상하는 데 일조했다.

사진 속 의자의 디자이너인 건축가 헤리트 리트벨트는
데스테일운동을 현실에서 구현해 냈다. 캐비닛 제작자의 아들로
태어나 훈련받았던 그는 기존 의자의 장식적인 요소와 재료를 모두
배제한 가구를 만들었다. 표준 크기로 재단된 얇은 너도밤나무
목재로 수평선과 수직선을 강조하며 쌓고 그것들을 나사못으로
간단히 연결했다.

슬랫 체어Slat chair라고 불리는 이 의자는 언뜻 보면 바우하우스의
교수였던 마르셀 브로이어의 바실리 체어를 연상시킨다. 하지만
리트벨트가 바실리 체어보다 7년을 앞선 1918년에 의자를
디자인했고, 재료 역시 목재만을 사용했다는 사실에서 그가 얼마나

앞서간 모더니스트인지 알 수 있다. 또한 표준 목재 사용과 간결한 결합 방식으로 그때 이미 대량생산을 염두에 두고 있었다는 점도 놀랍다.

또한 헤리트 리트벨트가 1924년 슈뢰더 부인에게서 의뢰받아 지은 슈뢰더 주택은 수직선과 수평선을 강조하고 절제된 색채를 사용함으로써 데스테일의 미학이 건축과 인테리어 공간에 적용된 가장 중요한 예가 되었다.

슬랫 체어는 1926년 의자의 구성요소를 색상으로 구분해 원색을 적용했고, 지금의 레드 블루 체어가 되었다.

24 데스테일은 영어로 'the style'로, '신조형주의neoplasticism'를 뜻하는 네덜란드어이다. 데스테일은 1917년에 발행되던 잡지와 같은 이름의 단체로, 몬드리안과 판뒤스부르흐, 리트벨트 등이 주축이 된 추상미술의 한 유파이다. 단순히 회화에만 국한된 것이 아니라, 조각, 건축, 디자인 등 예술 전체에 커다란 영향을 주었다.

25 이집트의 알렉산드리아를 중심으로 3세기 중반경부터 7세기경까지 번영한 사상. 16세기 르네상스 예술의 영웅주의, 이상주의, 이데아의 자연에의 우월, 즉 자연주의 예술에서 상징적 예술로 전환하는 계기가 되었다.

26 1917년 볼셰비키 혁명을 전후로 러시아에서 일어난 실험적인 미술 흐름 가운데 하나로, 러시아 아방가르드라고 불린다. 러시아 고유의 민속예술적 요소에 서유럽 현대미술의 경향이 반영되어 있다.

Charles Pollock, Executive Chair

배신과 거절에 굴복하지 않은 의지의 디자이너
찰스 폴락의 이그제큐티브 체어

찰스 폴락은 프랫 인스티튜트를 졸업한 뒤, 유명한 코코넛 의자를 만든 가구 디자이너 조지 넬슨에게 고용되어 스웨그 체어Sweg Chair를 같이 디자인했다. 그러나 넬슨은 폴락을 배신하고, 스웨그 체어를 자신만의 디자인이라고 알리며 모든 권리를 가져갔다. 폴락은 그의 배신에 좌절했지만, 집 월세도 낼 수 없을 정도로 힘든 상황에서도 다시 일어나 작고 허름한 창고에서 디자이너의 꿈을 키워 나갔다.

그 후 그는 폴락 이그제큐티브 데스크 체어Pollock Executive Desk chair를 디자인하는데, 넬슨과는 달리 폴락은 언변도 유창하지 않고 인맥도 없었던 탓에 생산과 공급을 맡아 줄 회사를 쉽게 찾지 못했다. 그는 결국 놀 사에 매일 찾아갔지만 번번이 로비에서 거절당했다. 하지만 끈질기게 찾아가 설득한 끝에 그에게는 꽤 불리한 조건이었지만, 놀이 생산과 공급을 담당하기로 한다. 결과는 대성공이었다. 크롬 프레임으로 둘러싸인 유선형의 검정 플라스틱 몸체와 그 안을 채우는 가죽 업홀스터리의 매치는 자연스러우면서도 고급스러웠다.

경쟁사인 허먼 밀러 사의 알루미늄 라인만큼이나 그의 의자는 많은 회사에서 중역실과 회의실 의자로 사랑받았다. 1960년대의 광고사를 둘러싼 이야기를 아름다운 비주얼과 함께 보여줘 사랑받았던 미국 드라마 시리즈 〈매드 멘Mad Men〉에서도 등장해 다시금 주목받기도 했다.

1960년대 놀에서 생산된 초기 제품과 그 이후 생산 제품을 구별하는 디자인 포인트는 다리가 네 개라는 점이다. 안정성으로 인해 오피스 체어의 다리는 다섯 개로 만들라는 비프마Bifma[27]의 70년대 법령에 따라 그 이후에는 초기 제품과 달리 의자 다리가 다섯 개로 이루어졌다.

---

27 〈비즈니스 및 기관 가구 제조업체협회Business and Institutional Furniture Manufacturers Association〉의 줄임말로, 비영리조직이나 사무용 가구의 표준 설정을 담당하고 있다.

참고문헌

An Eames Primer, Updated Edition, Rizzoli
Demetrios, Eames

100 Midcentury Chairs: And Their Stories, Gibbs Smith
Richardson, Lucy

Chair: 500 Designs That Matter, Phaidon
Phaidon Editors

100 Masterpieces from the Vitra Design Museum Collection, Vitra Design
Museum
Vitra Design Museum and Authors

Atlas of Furniture Design, Vitra Design Museum
Vitra Design Museum and Authors

1000 Chairs, Updated version (Bibliotheca Universalis) (Multilingual Edition),
TASCHEN
Fiell, Charlotte & Peter

Herman Miller: A Way of Living, Phaidon
Auscherman, Amy and others

Interior Design of the 20th Century (World of Art), Thames & Hudson
Massey, Anne

Organic design in home furnishings, Museum of Modern Art
Eliot F. Noyes

Design 1935-1965 : What modern was , Abrams
Le muse Des Arts Decoratifs De Montreal

주거 인테리어 해부 도감, 더숲
마쓰시타 기와
디자인 소사 ,안그라픽스
카타리나 베렌츠

참고 웹사이트
https://moma.org/
https://cranbrookart.edu
https://eames.com/enEamesoffice.com
https://harrybertoia.org/
https://www.knoll.com/the-archive/
https://www.wikipedia.org/

박혜주

서울에서 환경공학과를 졸업하고 뉴욕으로 건너가 인테리어
디자인을 공부했습니다. 뉴욕과 필라델피아의 한 설계회사에서
종합 병원 디자이너로 5년간 일했습니다.
지금은 적어도 10년, 그리고 길게는 100년이 된 오래된 물건과
그 물건에 담긴 시간과 이야기를 팝니다.
남편과 두 아이 그리고 고양이 두 마리와 미국 뉴저지에서
살고 있으며, 파주에 사업체를 두고 유목민 생활을 하고 있습니다.
오래된 것들에 편안함을 느끼지만, 반복되는 일에는 지겨움을
느낍니다. 인생의 중반을 넘기고 있지만, 아직도 도전해 보고 싶은
일들이 많습니다. 재작년 가을 달리기를 시작해, 작년 가을 하프
마라톤을 완주하였고 올해 가을에는 풀 마라톤에 도전합니다.
이야기만 시작하면 싸우지만, 존경하고 사랑하는 어머니, 마찬가지로
자주 바닥을 보이며 싸우지만 언제나 제 편인 남편, 그리고 열 번이
넘는 잦은 이사에도 바르게 커 준 두 아이들과 언니의 하나뿐인
혈육인 큰 조카에게 이 글을 바칩니다.

뉴욕에서 빈티지 마켓을 시작했습니다.

초판1쇄 발행일 2022년 08월 12일
초판2쇄 발행일 2022년 11월 03일

지은이	박혜주
사진	박혜주, BO LEE, 윤이나
그래픽	BO LEE
디자인	개미그래픽스
교정	오영나
편집	정미진
펴낸이	방준배
펴낸곳	Atnoonbooks
출판등록	2013년 08월 27일 제 2013-000257호
주소	서울시 마포구 연남로 30
홈페이지	www.atnoonbooks.net
인스타그램	atnoonbooks
유튜브	yt.vu/+atnoonbooks
팩스	0303-3440-8215
이메일	atnoonbooks@naver.com

© 박혜주, 2022
ISBN 979-11-88594-20-7 03810
정가 17,000원